COLLECTION FOLIO

Ludmila Oulitskaïa

Un si bel amour

et autres nouvelles

Traduit du russe
par Sophie Benech

Gallimard

Titres originaux :

« Vtorogo marta togo goda », « Vetrianaïa ospa »,
« Bednaïa schastlivaïa Kolyvanova » *in* DIÉVOTCHKI ;
« Zver », « Pikovaïa dama », « Goloubtchik »,
« Perlovy soup » *in* NOVYE RASSKAZY.

Ludmila Oulitskaïa vit à Moscou. Elle est également connue pour ses pièces de théâtre et ses films.

Son premier roman, *Sonietchka* (Folio n° 3071) a reçu le prix Médicis Étranger ex-aequo en 1996.

LE 2 MARS DE CETTE ANNÉE-LÀ

L'hiver était épouvantable : un froid particulièrement humide et suffocant, une couverture cotonneuse particulièrement sale sur les épaules d'un ciel affaissé. L'arrière-grand-père était alité depuis l'automne, il se mourait lentement sur un étroit divan recouvert d'un tapis, promenant autour de lui le regard caressant de ses yeux creux d'un gris jaunâtre, sans quitter les phylactères fixés à son bras gauche... De la main droite, il appliquait contre son ventre une bouillotte électrique plate enveloppée de serge grise élimée, un spécimen des progrès techniques du début du siècle rapporté de Vienne avant la guerre, l'autre, la première, par son fils Alexandre, lorsque, devenu un jeune professeur en médecine, il était rentré à la maison après huit années d'études à l'étranger.

Se chauffer le ventre lui était en principe strictement interdit, mais cette tiédeur sans vie calmait la douleur, et son fils, un cancérologue, avait fini par céder aux prières du vieillard et par autoriser la bouillotte. Il se représentait parfaitement tant les dimensions de la tumeur que l'emplacement des métastases qui excluaient l'opération, et il s'inclinait devant le courage tranquille de son père qui, en quatre-vingt-dix ans de vie, n'avait jamais émis ni plaintes ni doléances.

En rentrant de l'école, Lilia, l'arrière-petite-fille, l'enfant chérie aux yeux marron étincelants et aux cheveux d'un noir mat, vêtue d'une robe d'uniforme de couleur brune, toute barbouillée de craie et d'encre violette, câline et rose, grimpait sur le divan, contre le flanc malade, remontait le plaid dans un frétillement de coudes et de genoux dodus, et chuchotait à l'oreille poilue et décharnée de son arrière-grand-père :

« Allez, raconte... »

Et le vieil Aaron racontait, il parlait de Daniel, de Gédéon. Il parlait de guerriers, de princesses, de sages et de rois aux noms extravagants qui étaient tous de lointains parents morts depuis longtemps, mais la petite fille gardait l'impression que son arrière-grand-père Aaron, vu son âge canonique, en avait connu certains et s'en souvenait.

Pour Lilia aussi, cet hiver-là fut épouvantable ; elle aussi ressentait la pesanteur singulière du ciel, l'accablement qui régnait à la maison et l'hostilité de l'air du dehors. Elle allait sur ses douze ans. Elle avait mal sous les aisselles, ses mamelons la démangeaient désagréablement et, par moments, elle était submergée par une vague de dégoût écœuré pour ces petits renflements, ces gros poils sombres, ces minuscules pustules sur son front, et son âme tout entière se révoltait aveuglément contre les transformations déplaisantes et sales qui se produisaient dans son corps. Tout, absolument tout, était imprégné de dégoût et faisait penser à cette pellicule grasse d'un jaune orangé à la surface de la soupe aux champignons : le morne Hédike, qu'elle torturait tous les jours sur le piano froid, les culottes longues en laine râpeuse qu'elle enfilait chaque matin, le violet mort de la couverture de ses cahiers... Il n'y avait qu'ici, blottie contre le flanc de son arrière-grand-père qui sentait le camphre et les vieux papiers, qu'elle était délivrée de cette pénible obsession.

Alexandre Aaronovitch et grand-mère Biéla Zinovievna, un professeur spécialisé dans les maladies de peau, formaient un couple aux jarrets solides qui charriait de concert un fardeau assez considérable. Alexandre Aaronovitch, Sourik dans l'intimité, était un homme grand et osseux aux larges oreilles, auteur de plaisanteries simplistes et d'opérations d'une subtile intelligence. Il aimait à dire qu'il s'était dévoué toute sa vie à deux dames : sa Biéla chérie et la médecine. Sa Biéla, une petite femme replète aux sourcils soulignés d'un trait noir, à la bouche fardée de rouge et aux cheveux d'une blancheur éclatante, ne craignait pas la concurrence.

Une étrange émotion les effleurait tous deux quand, en revenant du travail, ils trouvaient le vieillard et la fillette absorbés l'un par l'autre. Ils échangeaient un regard, et Biéla essuyait une larme au coin de son œil fardé. Sourik pianotait sur la table une mise en garde pleine d'éloquence, elle levait en l'air sa paume grande ouverte — on aurait dit un alphabet pour sourds-muets. Ils avaient une multitude de gestes comme ça, des signes, de mystérieux messages sans parole, si bien qu'ils n'avaient guère besoin de mots, ils captaient toutes les fréquences réciproques de leurs cœurs.

Leur vieux père s'en allait, et ces vieillards encore jeunes comprenaient qu'au seuil de la mort il transmettait ses richesses suspectes à la jeune génération, une fillette à l'orée de l'adolescence. Et si ces professeurs, des scientifiques, voyaient dans les contes surannés d'un vieux peuple le vêtement naïf et usé de la pensée humaine, alors que leur propre mode de pensée avait été façonné et discipliné par l'école du positivisme européen à Vienne et à Zurich, puis formé au jeu habile de la science, s'ils ne s'inclinaient que devant un dieu en carton, celui des faits astucieux, et vivaient courageusement leur existence dans un athéisme honnête et regrettable, ils sentaient tous deux qu'ici, sur ce divan râpé, aux côtés d'une mort complaisante et peu pressée, fleurissait une oasis sans précédent. Ici, il n'y avait ni médecins empoisonneurs [1], ni cette peur surnaturelle devant leurs desseins criminels qui s'était emparée de millions de gens. L'esprit d'un poison bien réel, celui de la terreur, de l'abjection et d'un déchaînement de forces diaboliques, ne battait en retraite qu'ici, et ces professeurs, ces scientifiques accablés qui s'attendaient chaque jour à l'arrestation, à la relégation, à n'importe quoi, reculaient le moment de quitter la salle à manger, la pièce commune où gisait le vieillard malade, pour retourner à leurs occupations coutumières de scientifiques, et, s'asseyant dans un fauteuil face à une rareté rarissime à l'époque, un téléviseur, lequel n'était d'ail-

1. L'histoire se déroule fin février, début mars 1953, en pleine affaire des Blouses blanches, campagne menée contre les médecins juifs qualifiés d'empoisonneurs par la presse. Les persécutions cesseront après la mort de Staline, qui sera annoncée à la population le 5 mars. (*Toutes les notes sont de la traductrice.*)

leurs pas allumé, ils écoutaient les roucoulements mélodieux du vieillard parlant de Mardochée et d'Aman.

Ils échangeaient un sourire et, la mort dans l'âme, gardaient le silence sur la folie dans laquelle ils plongeaient chaque jour une fois franchi le seuil de leur maison...

Eux qui avaient survécu à une grande guerre, qui avaient perdu des frères, des neveux et d'innombrables parents, mais qui s'étaient gardés l'un l'autre et avaient préservé leur petite famille ainsi que toute la plénitude d'une confiance, d'une amitié et d'une tendresse mutuelles, à présent qu'ils étaient parvenus à une réussite de bon aloi et sans ostentation, ils auraient dû, semblait-il, tant que leur santé, leurs forces et leur expérience se maintiendraient dans un heureux équilibre, pouvoir vivre encore une décennie entière comme ils en avaient toujours eu envie : travailler de bon appétit durant toute une semaine extraordinairement chargée, partir le week-end dans la nouvelle datcha qu'ils venaient de faire construire, jouer Schubert à quatre mains sur le mauvais piano de la campagne, se baigner l'après-midi dans la petite rivière sombre en forme de cruche, boire le thé au samovar sur la véranda en bois dans les rayons obliques du soleil couchant et, le soir, lire Dickens ou Mérimée, puis s'endormir au même moment, enlacés dans une pose si parfaitement ajustée par quarante et quelques années qu'on ne comprenait plus si c'était la forme de leurs renflements et de leurs creux qui, dans certaines postures, leur assurait un confort durable, ou bien si, au fil de toutes ces années passées dans une étreinte nocturne, leurs corps mêmes s'étaient déformés à la rencontre l'un de l'autre pour n'en faire plus qu'un.

Des soucis qui leur gâchaient la vie, ils en avaient déjà bien assez, et même par-dessus leurs têtes grises, avec ceux que leur causait un vieux conflit pénible avec leur fils, qui avait délibérément choisi un domaine d'activité dans lequel aucun homme normal ne se lancerait pour tout l'or du monde. Il occupait un poste important, mais indéfini, vivait dans le nord-est du pays au-delà du cercle polaire, avec son épouse éléphantesque, Choura, et son plus jeune fils Alexandre, et il y avait comme une ironie du destin dans le fait que les deux personnes les plus inconciliables de la famille portaient le même nom[1].

Sa fille aînée Lilia, leur fils l'avait amenée à Viatka en 1943, dans l'hôpital militaire où ses parents passaient douze heures par jour debout devant une table d'opération. La fillette avait cinq mois, elle pesait trois kilos et ressemblait à une poupée décharnée ; à dater de ce jour et jusqu'à la fin de la guerre, ils avaient travaillé dans des équipes différentes, en général, c'était Alexandre Aaronovitch qui prenait la nuit. Requinquée et engraissée par Biéla Zinovievna, Lilia était restée vivre chez ses grands-parents, naissant une seconde fois à la glorieuse destinée de petite-fille de professeurs. Mais, connaissant la susceptibilité de Choura, sa mère naturelle qui venait de temps en temps, elle appelait ses parents adoptifs Biéla et Sourik, et son arrière-grand-père, grand-père.

À présent, Biéla et Sourik étaient assis dans de vieux fauteuils moelleux recouverts de housses austères, légè-

1. Choura est le diminutif du prénom Alexandra.

rement en biais par rapport au divan, et faisaient mine de ne pas écouter ce que chuchotaient là-bas le vieillard et la petite fille.

« C'est vrai, grand-père ? disait Lilia, horrifiée. Ils ont pendu tous les ennemis à un arbre, tous ?

— Je ne te dis pas que c'est bien ou que c'est mal. Je te dis ce qui s'est passé, répondit l'arrière-grand-père avec une note de regret dans la voix.

— Il y en aura d'autres qui viendront, ils se vengeront et tueront Mardochée ! déclara tristement la fillette.

— Bien sûr ! dit le vieillard, tout réjoui par on ne sait trop quoi. Bien sûr, c'est ce qui s'est passé après. D'autres sont venus, ils les ont tués, et ça a recommencé. En fait, tu sais, ce n'est pas la victoire qui fait vivre Israël, c'est... (Il posa sur son front son bras gauche couvert de phylactères et leva les doigts.) Tu comprends ce que je veux dire ?

— C'est Dieu ? demanda la fillette.

— Je savais bien que tu étais une fille intelligente ! » dit le grand-père Aaron en souriant de sa bouche complètement édentée de nouveau-né.

« Non, mais tu entends avec quoi il bourre le crâne de cette petite ? » demanda tristement Biéla à son mari lorsqu'ils se retrouvèrent seuls dans leur chambre avec son bureau à deux places, comme disait Sourik pour plaisanter.

« Mon père est un simple cordonnier, ma petite Biéla. Mais ce n'est pas à moi de lui donner des leçons. Tu sais, parfois, je me dis qu'il aurait mieux valu que je sois resté cordonnier, dit Sourik d'un air sombre.

— Qu'est-ce que tu racontes ! On ne peut pas

retourner en arrière ! répondit avec agacement sa petite Biéla si intelligente.

— Dans ce cas, tu n'as pas de souci à te faire pour Lilia, dit-il en souriant.

— Oh ! fit Biéla avec un geste désinvolte. (C'était une femme pratique qui ne cherchait pas si loin.) Ça, ça ne me fait pas peur... Ce qui me fait peur, c'est qu'elle en parle à l'école.

— Mais, mon petit cœur, maintenant, justement, cela n'a plus aucune importance ! » dit Sourik en haussant les épaules.

Biéla Zinovievna avait tort de s'en faire. Lilia n'aurait pas pu raconter quoi que ce soit : depuis l'automne, personne ne lui adressait plus la parole en classe. À part Nina Kniazevaïa, qui devait être transférée dans une école pour enfants déficients, mais on n'arrivait toujours pas à rassembler les papiers. Cette Nina, une fille assez forte d'une rare beauté, précocement formée, contrairement aux nordiques, était la seule de la classe qui, du fait de sa déficience mentale, non seulement disait bonjour à Lilia, mais se mettait volontiers avec elle quand on emmenait ce troupeau piaillant dans un musée obligatoirement orné d'un drapeau rouge.

L'époque avait ses impératifs : les Tatares étaient amis avec les Tatares, les cancres avec les cancres, les enfants de médecins avec les enfants de médecins. En particulier les enfants de médecins juifs. Même l'Inde ancienne ne connaissait pas un système de castes aussi pointilleux et aussi ridicule. Lilia était restée sans amie : Tania Kogan, sa voisine et camarade de classe, avait été envoyée à Riga dans sa famille avant le Nouvel An, si bien que pour Lilia, les deux derniers mois avaient été parfaitement insupportables.

Le moindre éclat de rire, la moindre animation, le moindre chuchotement, tout lui paraissait dirigé contre elle. Elle entendait autour d'elle une sorte de bourdonnement sinistre, des « jjj » marron foncé de scarabée échappés du mot « juive ». Et le plus douloureux, c'était que cette chose sombre, poisseuse et goudronneuse était liée à leur nom, au grand-père Aaron, à ses livres qui sentaient le cuir, à l'odeur exotique et brune de miel ainsi qu'à la lumière fluide et dorée qui entouraient toujours son grand-père et occupaient tout le coin gauche de la pièce, là où il était couché.

Et, en plus, par un mystère insondable, ces deux impressions se retrouvaient à jamais associées : cette lueur dorée à la maison, et ce bourdonnement marron dans la rue...

Dès que résonnait la voix éraillée de la sonnerie libératrice tant attendue, Lilia enfournait ses cahiers exemplaires dans son cartable et, les jambes lourdes, fonçait vers le vestiaire, vite, vite, pour se précipiter dehors, à l'air libre, sans même boutonner ses boutons ni cette sale agrafe à l'intérieur, et rentrer chez elle à toute allure, enjambant des grumeaux de neige pâteuse et grisâtre et des flaques de glace en bouillie, éclaboussant ses bas et l'ourlet de son manteau de ses caoutchoucs trop grands ; encore une cour à traverser, et, enfin, c'était l'entrée de son immeuble avec son odeur réconfortante de plâtre humide, puis l'escalier jusqu'au premier, sans palier, avec un tournant tout en douceur, et la grande porte noire avec sa plaque en cuivre chaud portant le nom de Jijmorski, leur horrible nom, ce nom impossible, honteux.

Ces derniers temps, une autre épreuve s'ajoutait encore à tout cela : à la sortie de l'école, se balançant sur l'immense portail rouillé, l'attendait Victor Bodrov, un terrible individu surnommé Bodrik. Il avait des yeux bleuâtres couleur de fer-blanc et un visage dénué de détails.

Le jeu était assez primitif. L'école n'avait qu'une seule sortie, par ce fameux portail. Quand Lilia s'en approchait en essayant de se fondre le plus possible dans la foule, ses condisciples, fines mouches, tantôt se laissaient légèrement distancer, tantôt prenaient de l'avance ; lorsqu'elle atteignait la zone dangereuse, Bodrik prenait appui sur son pied et, dès qu'il l'avait laissée passer, refermait sur son dos le portail qui grinçait affreusement. Le choc n'était pas très fort, mais insultant. Chaque jour, il ajoutait au jeu un élément nouveau. Une fois, Lilia s'était retournée pour recevoir le choc non de dos, mais de face, elle s'était agrippée aux barreaux en fer et s'y était suspendue.

Une autre fois, elle était restée en retrait et avait attendu longtemps, faisant mine de ne pas avoir l'intention de rentrer chez elle. Mais Bodrik avait de la patience et du temps à revendre, et, après l'avoir laissée mariner ainsi une demi-heure, il l'avait observée avec satisfaction tandis qu'elle essayait de se faufiler entre les barreaux de la grille. Cette tentative s'était soldée par un échec, la plus maigre des fillettes n'aurait pu se glisser par cette fente étroite, même sans être encombrée par un gros manteau.

Un jour, elle avait eu de la chance, elle avait réussi à

passer devant un professeur, la vieille Antonina Vladimirovna, dont le visage de Sibérienne orientale avait reflété un étonnement extrême devant un tel manque d'éducation.

L'attraction prenait chaque jour plus d'ampleur. Tous ceux qui avaient du temps à perdre se rassemblaient pour y assister. Les spectateurs devenaient plus nombreux de jour en jour et la veille, justement, ils avaient été récompensés par un spectacle palpitant : Lilia avait fait une tentative désespérée et presque couronnée de succès pour escalader la grille de l'école hérissée de piques en fonte aplaties. Elle avait commencé par glisser son cartable entre les barreaux, puis avait posé le pied à un endroit qu'elle avait repéré à l'avance, avec plusieurs barreaux tordus. Elle avait grimpé jusqu'en haut, passé une jambe, puis la seconde, et là, elle avait compris qu'elle avait commis une erreur en ne se retournant pas avant. Morte de peur, elle avait pivoté et s'était laissée glisser lentement, le visage collé contre le fer rouillé.

L'ourlet de son manteau s'était accroché à une pique, il s'était tendu. Au début elle n'avait pas compris ce qui la retenait, puis elle s'était élancée. L'honnête lainage du vieux manteau de professeur, qui terminait son existence à l'envers sur un jeune corps potelé, s'étira, résista de chacun de ses fils de première qualité, et se distendit comme un ressort.

Les spectateurs ravis poussèrent des hurlements. Lilia s'envola comme un grand oiseau, et le manteau la lâcha en émettant un craquement rauque. Lorsqu'elle atterrit sur le sol, Bodrik était près d'elle, son cartable couvert de boue à la main, et souriait d'un air enjôleur.

« Bravo, Lilia ! Tu es une sacré débrouillarde. Tu nous refais ça ? »

D'un geste perfide de chasseur, il lança son cartable de façon apparemment désinvolte, mais sa main était aussi précise que celle d'un aborigène australien. Le cartable s'envola, tangua, se retourna dans les airs, et s'écrasa de l'autre côté de la grille. Tout le monde éclata de rire.

Lilia avait ramassé son bonnet de laine avec ses deux petites queues ridicules et, sans se retourner, rassemblant toutes ses forces pour ne pas se mettre à courir, elle était rentrée chez elle.

Personne ne l'avait poursuivie. Une demi-heure plus tard, la fidèle Nina lui avait rapporté le cartable essuyé avec son mouchoir, et le lui avait remis sur le pas de la porte.

Le lendemain matin, Lilia avait essayé de tomber malade, elle s'était plainte de la gorge. Biéla Zinovievna avait jeté un coup d'œil dans sa bouche, lui avait fourré le thermomètre sous le bras et, captant du regard la colonne de mercure évanescente, avait prononcé la sentence d'un ton bourru :

« Debout, ma fille, il faut travailler ! Tout le monde doit travailler ! »

C'était en cela que consistait sa religion, et elle ne tolérait pas le blasphème de la paresse. Lilia se traîna lamentablement à l'école et endura trois heures de cours, défaillant à l'idée de l'inéluctable passage à travers les portes de l'enfer. Mais pendant le quatrième cours, il se produisit quelque chose.

On n'était que le 1er mars, et le gouvernail du navire insubmersible n'était pas encore tombé des mains du grand timonier[1]. Si Alexandre Aaronovitch et Biéla Zinovievna avaient appris cet acte inimaginable de la bouche de leur petite Lilia si secrète, ils l'auraient hautement apprécié.

Pendant la quatrième heure de cours, donc, vers la fin, Antonina Vladimirovna, faisant miroiter la partie la plus inspirée de son visage, à savoir ses dents en fer, qui entretenaient un dialogue métallique avec la broche en argent de son col dont la forme évoquait une crotte enroulée sur elle-même, saisit une baguette polie d'un mètre cinquante et se dirigea vers une affiche bariolée et poussiéreuse au fond de la classe. Brandissant sa baguette comme une rapière, elle en pointa l'extrémité sur un mot à toute épreuve, le mot « international ».

« Regardez, les enfants ! (Elle disait "les enfants", et non "jeunes filles", comme au lycée, ou "les filles", trop impersonnel.) Vous avez ici les représentants de tous les peuples de notre grande patrie aux multiples nationalités. Vous voyez, ici, ce sont les Russes, ici, les Ukrainiens, ici, les Géorgiens, et... (Lilia, assise de travers, était en proie à une horreur muette : non, elle n'allait pas le dire, ce n'était pas possible... Toute la classe allait se retourner vers elle)... et les Tatares ! » poursuivit le professeur.

Toutes regardèrent Raïa Akhmétova, qui devint rouge comme une pivoine. Mais Antonina Vladimirovna continuait à foncer à bride abattue sur cette route périlleuse :

« Et les Arméniens, les Azerbidjanais... (C'est comme ça qu'elle dit, "les Azerbidjanais". Ça y est, ça vient, ça vient... Non !)... et les Juifs ! »

1. La mort de Staline sera annoncée le 5 mars.

Lilia cessa de respirer. Toute la classe se tourna vers elle. Antonina Vladimirovna, cette sainte idiote, cette roturière pur-sang issue d'un grand-père sacristain et d'une mère lingère, cette vierge sans tache nantie d'un certificat médical « *virgina intacta* » et d'une orpheline adoptée pendant la guerre, Zoïa, une petite teigne qui louchait, cette admiratrice de Tchernychevski, cette adoratrice de Clara Zetkin[1], de Rosa Luxemburg et de Nadiéjda Constantinovna[2] (il y avait en elle une veine féministe avant l'heure), cette femme aussi intègre qu'une vitre, qui croyait à la primauté de la matière comme son grand-père sacristain avait cru à la Sainte Vierge, savait avec certitude que les ennemis, c'était une chose, et les Juifs, c'en était une autre.

Mais, à l'époque, Lilia ne comprit pas la grandeur de cet acte. La parcelle de chair nue comprise entre son bas trop court et l'élastique trop serré de l'odieuse culotte bleu ciel râpeuse doublée de laine chinoise à longs poils adhéra au banc badigeonné de peinture à l'huile...

« Et chez nous, tous les peuples sont égaux ! disait Antonina Vladimirovna, poursuivant son devoir sacré d'enseignante. Il n'y a pas de mauvais peuple, chaque peuple a ses héros et ses criminels, et même ses ennemis du peuple... »

Elle dit encore quelque chose d'insipide et de superflu, mais Lilia ne l'entendait pas. Elle sentait une petite veine palpiter près de son nez et touchait l'endroit du

1. 1857-1933. Communiste allemande qui participa à la création de la IIe Internationale et dirigea le secrétariat féminin international du Komintern.

2. La femme de Lénine.

doigt en se demandant si sa voisine Svéta Bagatouria, de l'autre côté de l'allée, pouvait remarquer ce tressaillement.

Près du portail de l'école, une bonne surprise l'attendait : Bodrik n'était pas là. Avec un sentiment de délivrance totale et définitive, ne songeant absolument pas qu'il pouvait réapparaître le surlendemain, elle fonça chez elle en gambadant. La porte d'entrée de l'immeuble, maintenue d'ordinaire fermée par un ressort bien tendu, était cette fois entrebâillée, mais Lilia n'y prêta pas attention. Elle l'ouvrit en grand et, passant de la lumière à l'obscurité, ne put discerner qu'une silhouette sombre debout près de la porte intérieure. C'était Bodrik. C'était lui qui avait maintenu la porte entrouverte avec le pied, afin de guetter les gens qui entraient.

Ils étaient à présent séparés par deux pas de ténèbres absolues, mais elle vit quand même qu'il était adossé à la porte intérieure, les bras en croix et sa tête châtain foncé inclinée sur le côté.

C'était un comédien, ce Bodrik et, cette fois, il mimait quelque chose de terrible et de grave, il se prenait pour le Christ, alors qu'en fait, il n'était qu'un malheureux petit larron plein d'arrogance. Et la fillette était là, devant lui, avec son visage désolé de Sémite : un nez fin planté très haut, des yeux aux coins extérieurs étirés vers le bas, une bouche délicate et pulpeuse, exactement le visage qu'avait Marie, la mère de Joset...

« Pourquoi est-ce que vos Juifs ont tué notre Christ ? » demanda-t-il d'une voix fielleuse.

Il disait cela comme si les Juifs avaient crucifié ce Christ uniquement pour lui donner à lui, Bodrik, le droit absolu et sacré de claquer un portail en fer rouillé dans le dos de Lilia.

Elle resta clouée sur place, comme si elle avait oublié qu'elle pouvait filer dans la rue et prendre ses jambes à son cou. La porte était juste derrière. Mais, Dieu sait pourquoi, elle était pétrifiée.

Bodrik fit un pas vers elle, l'empoigna, glissa les mains vers le bas en écartant son manteau déboutonné, et ses doigts tombèrent juste sur le morceau de peau nue entre le bas et l'élastique de la culotte qui la serrait à l'aine.

Elle se dégagea, courut se réfugier dans un coin, et flanqua un coup de cartable dans une partie de Bodrik qui n'offrait pas de résistance. Il poussa un cri et Lilia, trouvant tout de suite la poignée de la porte dans l'obscurité, se rua dehors. Une flamme compacte et rose fusa à l'intérieur de son crâne, l'air s'embrasa autour d'elle, et tout fut submergé par une fureur rouge si puissante qu'elle se mit à trembler, parvenant à grand-peine à contenir en elle-même l'énormité de ce sentiment qui n'avait ni nom ni limite.

La porte s'ouvrit lentement. Bodrik sortit un peu en biais, une épaule en avant. Elle se jeta sur lui, le saisit par les épaules et, poussant un hurlement, le cogna de toutes ses forces contre la porte. Le caractère inattendu de cette attaque lui fit perdre tous ses moyens. Le sentiment complexe qu'il éprouvait pour elle depuis longtemps, un mélange d'attirance, de rancune et d'envie inconsciente pour son existence de petite fille propre et bien nourrie, était sans comparaison, tant par sa force que par sa justification intérieure, avec l'explosion de rage brûlante qui se déchaînait dans son âme à elle.

Il essayait de la repousser, de se dégager, mais c'était impossible. Il ne pouvait même pas lever le bras convenablement pour la frapper. Il parvint juste à se déplacer derrière le mur, dans une encoignure aveugle où ils n'étaient pas exposés à la vue des gens qui passaient dans la cour. Mais cela n'arrangea pas les choses. Elle le secouait par les épaules, sa tête cognait contre la pierre grise et rugueuse, ses dents s'entrechoquaient, tout ce qu'il réussit à faire, ce fut, après avoir libéré une de ses mains, de frapper à deux reprises son visage moite et écarlate, et encore, pas comme un homme, avec le poing, mais de ses cinq doigts écartés, en laissant sur ses joues quatre grosses écorchures sales. Mais elle ne le sentit même pas. Elle continua à le cogner contre le mur jusqu'au moment où sa fureur, comme un ballon rouge, se détacha d'elle et s'envola. Alors, elle le lâcha, se détourna et, lui présentant son dos sans défense, ne songeant même pas à la possibilité d'une attaque par-derrière, elle regagna sans encombre l'entrée de son immeuble...

Comme il lui plaisait, l'été dernier... Debout derrière le rideau en tulle de la chambre de sa grand-mère, elle passait des heures à le regarder agiter une longue perche avec un chiffon flottant au bout, à regarder ses pigeons s'envoler paresseusement et tournoyer en nuées débraillées au-dessus du pigeonnier, puis se mettre en place en décrivant d'amples cercles harmonieux de plus en plus larges avant de s'envoler dans le ciel tiède et propre. En passant devant leur logement, une construction basse à deux fenêtres accolée à un pigeonnier, avec une remise et un poulailler, elle ralentissait le pas pour examiner les entrailles fascinantes d'une vie étrangère : leurs tonneaux en fer, l'établi sur lequel travaillait le vieux Bodrov, alors provisoirement libéré de ses sempiternelles peines de prison, un chauffe-eau rouillé démonté quelque part, qui traînait par terre...

À la fin de l'été, Biéla Zinovievna, s'acquittant sans défaillance d'on ne sait trop quels devoirs anachroniques et connus d'elle seule des riches envers les pauvres, avait envoyé Lilia chez la concierge avec une pile de vêtements férocement repassés et soigneusement pliés lui ayant appartenu à elle, Lilia, et devenus trop petits du fait de sa croissance accélérée. Les petites Bodrov, Nina et Niouchka, s'étaient partagé ses biens avec force glapissements, Tonia-la-concierge l'avait remerciée et lui avait fourré dans la main un petit cornichon vert, mais Bodrik, qui l'avait aperçue de loin, avait filé rejoindre ses colombes, ses lapins et ses poussins, et ne s'était pas manifesté durant tout le temps que Lilia avait passé dans leur enclos isolé de la cour commune. Elle n'avait pas arrêté de regarder de son côté pour voir s'il n'allait pas sortir...

Et c'est seulement maintenant, dans l'entrée de l'immeuble, qu'elle comprenait que c'était cela, le plus affreux.

La vieille Nastia, qui vivait chez eux depuis vingt ans, n'était pas à la maison. L'arrière-grand-père, auprès duquel elle serait bien allée se réfugier, dormait à poings fermés en ronflant par intermittence. Elle se terra dans la chambre de sa grand-mère, sur le « canapé des afflictions », comme Biéla Zinovievna appelait la méridienne, seul objet qui ne figurât pas en double dans ce royaume de la dualité où tout se dédoublait, comme si la pièce était divisée par un miroir invisible : deux lits de fière allure avec des appliques en bronze, deux tables de nuit, deux cadres semblables avec des tableaux se distinguant à peine l'un de l'autre. C'était sur ce « canapé des afflictions » que Lilia dormait d'habitude lorsqu'elle était malade, quand sa grand-mère la prenait dans sa chambre. C'était là qu'elle venait pleurer lorsqu'un chagrin survenait dans sa vie d'enfant.

À présent, elle frissonnait, elle avait mal dans le bas du ventre, et elle se pelotonna sur le canapé en se couvrant la tête d'un lourd peignoir à carreaux avec un cordon tressé mauve tout effiloché. Elle voulait s'endormir, et s'endormit sur-le-champ, gardant toujours à l'esprit une pensée qui ne la quittait pas, même en dormant : comme je voudrais m'endormir...

Son sommeil fut long, mais tout entier figé sur une même note, celle d'une douleur sourde et d'un dégoût incommensurable. Dégoût pour le tissu rêche du coussin du canapé, dégoût pour l'odeur savonneuse et d'une intimité indécente de « Moscou Rouge », le parfum préféré de sa grand-mère. Et tout cela était recouvert par un immense désir de fuir, de se réfugier dans une fissure arrondie, chaude et familière, pour y sombrer dans un sommeil plus profond, où il n'y aurait ni odeurs ni douleur, ni cette honte angoissante sortie d'on ne sait où. Là où il n'y avait rien, absolument rien.

Elle n'entendit pas le remue-ménage assourdi autour de son grand-père derrière la cloison, ni les sanglots de Nastia, ni le tintement discret d'une seringue.

Tard, vers sept heures du soir, elle fut réveillée par sa grand-mère ; finalement, elle avait quand même réussi à s'en aller très loin, car en se réveillant, elle ne comprit pas tout de suite où elle se trouvait : elle était revenue de ces contrées lointaines dans la chambre de sa grand-mère, dans un monde équilibré à symétrie double, et elle fut stupéfiée par le visage bien net penché sur elle qui semblait inversé et méconnaissable, comme si les espaces du sommeil où elle avait séjourné possédaient par essence un caractère unique si flagrant qu'ils excluaient toute possibilité de dualité, de symétrie sous quelque forme que ce fût.

Biéla Zinovievna, de son côté, examinait avec stupeur les quatre égratignures toutes fraîches qui partaient de son front et lui zébraient les joues jusqu'au menton.

« Seigneur ! Lilia ! Mais qu'est-ce qui est arrivé à ta figure ? » demanda-t-elle.

La fillette réfléchit un instant, tant elle avait profondément oublié l'incident de la journée. Puis tout lui revint d'un seul coup, y compris la semaine précédente et l'été passé, mais sous une forme complètement méconnaissable, transformée et insignifiante. Tout cela était une broutille, une petite chose sans importance, un événement à moitié oublié qui s'était passé il y a très longtemps.

« Oh, ce n'est rien, je me suis bagarrée avec Bodrik, répondit-elle avec insouciance en souriant de son visage ensommeillé.

— Comment ça, tu t'es bagarrée ? demanda Biéla Zinovievna.

— Oh, pour des bêtises ! À propos du Christ, pourquoi on l'a crucifié... dit Lilia en souriant.

— Quoi ? » fit Biéla Zinovievna en fronçant ses sourcils noirs. Et, sans écouter sa réponse, elle lui enjoignit de s'habiller sur-le-champ.

Un reflet de la colère qui s'était emparée de Lilia près de la porte d'entrée rejaillissait sur sa grand-mère. « Quelle ignominie ! Quelle ingratitude noire ! » bouillonnait-elle, traînant par la main une Lilia récalcitrante en direction du logis des Bodrov.

Ce n'était pas la question des trente roubles soigneusement pliés dont elle faisait ponctuellement cadeau pour les fêtes à cette malheureuse ivrogne irrécupérable, ni des piles de vieux vêtements de Lilia, encore très convenables, non, ce qui la révoltait, c'était que, selon ses conceptions symétriques de la justice, le fils de cette Tonia ne pouvait pas lever la main sur sa petite-fille si propre et si claire, sur sa frimousse d'un rose mat, ni l'insulter par son contact malpropre, par ces horribles écorchures. À propos, il faudrait les nettoyer à l'eau oxygénée...

Biéla Zinovievna frappa et, sans attendre la réponse, ouvrit la porte bancale. Au premier abord, il était impossible de distinguer quoi que ce soit dans la pièce occupée par un grand poêle et des fils tendus très bas couverts de linge humide. L'odeur était encore pire que celle de « Moscou Rouge », c'était la puanteur des bas-fonds dans toute son horreur — des relents d'urine, de moisi, de champignons et d'algues.

« Tonia ! » s'écria Biéla Zinovievna d'une voix

impérieuse, et quelque chose froufrouta derrière le poêle.

Lilia regarda autour d'elle. Ce qui la stupéfiait le plus, c'était le sol. Il était en terre battue, recouvert ici et là de planches inégales. Dans un coin, sur un large lit en fer avec des barreaux rouillés, exactement comme ceux de la grille de l'école, Bodrik était couché sur une couverture bariolée. Nina et Niouchka étaient assises à ses pieds, elles entortillaient sur le dossier du lit de larges rubans froissés sur lesquels elles crachaient consciencieusement avant d'en faire des nattes. Par terre, à côté du lit, il y avait une cuvette cabossée ayant perdu ses rondeurs d'autrefois.

Tonia, une femme courte sur pattes, sortit de derrière le poêle en rajustant sa jupe et s'avança d'un pas légèrement titubant.

« J'suis là, Belzinovna ! »

Elle souriait, et chaque joue de son large visage plat était creusée d'une grosse fossette toute ronde, comme un nombril.

« Regarde un peu ce que ton Victor a fait à ma petite-fille ! » dit Biéla Zinovievna d'un ton sévère.

Mais Tonia écarquillait ses yeux blanchâtres, elle n'arrivait pas à comprendre ce que Victor avait bien pu faire.

Dans cette lumière terne, les écorchures qui avaient tant outragé Biéla Zinovievna ne se voyaient absolument pas. Lilia se dirigea vers le seuil à reculons. Elle avait honte. Victor secoua la tête, se pencha, et vomit sans bruit dans la cuvette.

« Espèce de petit salopard ! cria Tonia en se tournant vers son fils. Allez, debout, qu'est-ce que tu fais couché ! »

Toutes les deux traversèrent la cour sans dire un mot. Cette fois encore, Lilia se traînait derrière et, de nouveau, elle se sentait aussi mal que l'après-midi avant de s'endormir. Une fois à la maison, elle s'enferma dans les cabinets, mit le crochet et s'assit sur le siège en pressant ses mains contre son ventre douloureux. Jamais elle ne s'était sentie aussi mal. Elle regarda sa culotte baissée et vit sur le bleu céleste une tache sanglante en forme de tulipe.

« Je suis en train de mourir ! songea-t-elle. Quelle horreur ! Quelle honte ! »

Elle avait oublié en cet instant tous les avertissements de sa grand-mère. Elle enleva avec dégoût sa culotte tachée, la fourra sous le seau pour laver par terre, posé à l'envers, et, enfouissant son visage égratigné dans ses paumes froides, le cœur glacé, elle attendit la mort.

Et de fait, la mort, aiguillonnée par cette attente, était entrée dans la maison. Sur le divan recouvert d'un tapis, Aaron, le vieux cordonnier, rendait ses derniers soupirs. Il avait perdu conscience. Ses paupières depuis longtemps dénuées de cils n'étaient pas complètement fermées, mais on ne voyait plus ses yeux, juste un voile trouble et blanchâtre. Ses mains émaciées reposaient sur la couverture, et sur son bras gauche étaient entortillées les lanières en cuir usées que, contrairement à la coutume, il n'avait pas enlevées depuis un mois. À son chevet se tenaient ses enfants, des professeurs surchargés d'une multitude de connaissances médicales encombrantes et parfaitement inutiles.

Dans la masure de la concierge, Bodrik était couché

sur le lit en fer. Il avait une légère commotion cérébrale.

Sur un divan étroit, dans sa maison des environs de Moscou, reposait un mort à moitié recouvert d'une vieille couverture de l'armée.

Mais on n'était que le 2 mars, et il s'écoulerait encore quelques énormes jours avant que le père de Lilia, ce fils de parents convenables, s'avance sur une estrade en bois, le visage bouffi, avec son cœur noir de chagrin et ses galons d'un bleu innocent, pour annoncer cette mort à un rectangle gris formé de milliers d'hommes, à cette partie du grand peuple qui se perdait dans la typographie décolorée et souffreteuse des lointaines contrées représentées sur l'affiche bariolée, au fond de la classe de Lilia.

Quant à la fillette enfermée dans les cabinets, cette nuit-là, tout le monde l'oublia.

LA VARICELLE

Sur la robuste malle américaine à la large carrure, avec une armature métallique et des poignées à chaque bout, les petites filles avaient jeté en vrac leurs pelisses usées aux fesses par les glissades, leurs moufles en tapons, leurs écharpes entortillées et leurs pantalons humides. En une heure, leurs vêtements s'étaient détrempés et couverts de glace, le temps d'aller de l'école jusqu'à la ruelle d'Aliona : deux cours à traverser, puis on longeait un faubourg constitué de baraquements, doté du tendre nom bien russe de « village des Chats » et d'une terrifiante église à moitié en ruine.

En chemin, elles avaient joué, elles s'étaient un peu chamaillées, cette orgueilleuse de Pirojkova s'était vexée et était partie, la grosse Plichkina était allée la chercher en courant et avait disparu, elle aussi. Elles les avaient attendues cinq minutes en bas de chez Aliona, puis, comme elles ne revenaient pas, elles étaient entrées.

L'immeuble était le plus beau du quartier, un immeuble d'architecte avec des tourelles aux coins du toit et un ascenseur. Les fillettes s'étaient entassées dedans toutes les cinq, elles avaient tapé des pieds, sautillé, et il avait réagi en tressaillant de toute sa fonte.

La pauvre Tania Kolyvanova, une habitante du village des Chats, était paralysée par la peur : c'était la première fois de sa vie qu'elle se trouvait dans un ascenseur. Gaïka Oganessian, qui promettait de devenir plus tard une beauté orientale, avait appuyé sur le renflement blanc du bouton « 6 », et sa sœur jumelle Vika qui, elle, ne promettait pas du tout de devenir une beauté, avait appuyé une seconde plus tard sur le bouton « stop ». Après s'être pesamment élevé de cinquante centimètres, l'ascenseur s'était arrêté net. Les yeux de Tania lui sortaient de la tête, ils ressemblaient aux boutons en émail avec leur chiffre noir au milieu.

Gaïka poussa un hurlement de joie. Lilia Jijmorskaïa, surnommée Jija, tendit la main vers les boutons, mais Vika la repoussa. Maria Tchélycheva ouvrit son cartable (elle était de service ce jour-là, aussi n'avait-elle pas eu le temps de repasser chez elle) et en sortit un crayon à encre qu'elle humecta dans sa bouche d'un air affairé. Tandis qu'une pesante bousculade hivernale de manteaux ouatinés se produisait près des boutons, elle traça sur le cadre en bois du miroir des petits caractères biscornus formant un mot de trois lettres qu'elle ne devait jamais prononcer à voix haute jusqu'à la fin de ses jours. Ce mot lui semblait d'un marron répugnant, avec une crevasse sans fond au milieu, et la forme d'un clystère à l'envers.

Tania Kolyvanova, qui avait appris à le prononcer immédiatement après le mot « maman » et qui avait une connaissance pratique de bien d'autres mots, cligna les yeux d'un air stupéfait.

Bien entendu, elle ignorait qu'elle avait été invitée uniquement grâce à la poussée de fièvre démocratique qui s'était emparée de la mère d'Aliona lorsque celle-ci avait étudié la liste des invitées de sa fille. Cette maman diplomatique avait découvert de façon tout à fait inopinée que les théories d'égalité et de fraternité continûment inculquées à sa fille presque depuis sa naissance avaient porté des fruits qui n'étaient pas du tout prévus : Aliona avait évalué avec une exceptionnelle subtilité l'égalité matérielle des quelques filles les plus fortunées de sa classe, et c'était précisément elles qu'elle avait choisies pour nouer de fraternelles relations d'égale à égales.

Du coup, Aliona s'était fait aussitôt chapitrer et, sur les instances de ses parents, la pauvre Tania avait été incluse dans la liste des invitées.

Tandis que les fillettes folâtraient dans l'ascenseur en se bousculant et en sautillant, Aliona, le nez dans un oreiller, était couchée sans bouger dans une alcôve, sur le vaste lit de ses parents séparé du monde par un rideau bien fermé.

La petite Russe Aliona Pchenitchnikova était partiellement américaine : elle était née dans une clinique stérile de Washington, où son père occupait un poste dc diplomate pendant la guerre. L'excellent sang sibérien de ce père conjugué à une nourriture de qualité et à une hygiène de vie correcte, sans les emmitouflages débilitants et les gâteries à la russe, avaient fait d'Aliona une enfant idéale : des cheveux épais et brillants, de solides dents blanches, un teint frais et rose.

Une constellation de taches de rousseur en travers de son nez retroussé, ainsi que des dents, pas encore rectifiées par un appareil, qui poussaient on ne sait pourquoi vers l'avant, à l'américaine, apposaient une touche finale à cette américanisation. Mais rares étaient ceux qui s'en doutaient, à part les collègues de son père ayant une expérience de la vie par-delà les océans.

Cette petite Aliona, si saine et si gaie, pleurait, désespérant de voir jamais arriver ses invitées sans parole. Le sapin croulait sous des jouets d'une beauté fabuleuse, la table était dressée pour huit personnes, il y avait sous chaque assiette une serviette en papier avec Mickey Mouse, animal encore inconnu sous ces latitudes, et, dessus, des cadeaux enveloppés dans des papiers d'une grande beauté.

Mais la pendule indiquait déjà cinq heures passées, les invitées avaient été conviées pour quatre heures, et il était on ne peut plus évident pour Aliona qu'aucune fête n'aurait lieu ; aussi le fracas de la porte de l'ascenseur, le brouhaha sur le palier et le trille ininterrompu de la sonnette résonnèrent-ils à ses oreilles comme la voix même du bonheur. Elle sauta du lit, remonta ses chaussettes de golf blanches à pompons qui tombaient, tira sur sa robe en velours bordeaux achetée jadis par sa mère avec plusieurs années d'avance, mais déjà trop juste, et courut ouvrir.

Toutes les petites filles, à part Tania, étaient déjà venues dans le château enchanté qu'était cet appartement indépendant de deux pièces, dans lequel une chambre était invariablement et mystérieusement fermée, ce qui ajoutait encore au charme des lieux. On pouvait imaginer ce que contenait cette pièce fermée, si la première était déjà remplie à craquer de trésors d'un autre monde : coquillages, jouets en plumes et en verre coloré, bref, la collection sans prétention d'un employé des chemins de fer porté par le vent social à un poste de diplomate.

Les fillettes piétinaient près de la table en regardant autour d'elles. Les sœurs Oganessian s'affairaient encore dans le vestibule à côté de la malle, car sur les quatre chaussures que leur grand-mère avait mises dans le cabas, il n'en restait plus que trois. Gaïka secouait férocement le sac dans l'espoir d'en faire tomber l'objet manquant, tandis que Vika se dépêchait de défaire ses agrafes afin que tous les droits sur la chaussure égarée reviennent à sa sœur.

Elles entrèrent dans la pièce avec leurs trois chaussures pour deux, et les fillettes se tordirent de rire.

« Il y a des cadeaux pour tout le monde dans les paquets ! déclara Aliona. On prend celui qu'on a devant soi. »

Les petits paquets n'étaient guère plus grands que des boîtes d'allumettes, ils étaient presque identiques, mais les papiers étaient de couleurs différentes, rouges, dorés, et ils étaient attachés par des rubans de couleur, des rubans extraordinaires, eux aussi : bariolés, raides et satinés. À l'intérieur également, c'était quelque chose ! Des broches en plastique, toutes différentes, seules Gaïka et Vika reçurent les mêmes, un gnome avec un bonnet rouge et un panier sur le dos. Il y avait aussi un Petit Chaperon rouge, une princesse, une corbeille de fleurs, et un cygne dans une couronne. Ce fut Tania Kolyvanova qui eut la plus belle, un ange blanc avec des ailes dorées. Deux cadeaux étaient restés intacts, ceux de Pirojkova et de Plichkina. Elles voulaient toutes les ouvrir, mais Aliona ne les y autorisa pas.

Les fillettes se transpercèrent avec les longues épingles de nourrice auxquelles étaient fixées ces merveilles, et se mirent à table. Le repas était presque ordinaire : des sandwiches, des gâteaux, une coupe avec des biscuits faits maison. Mais il y avait des fourchettes, de petites fourchettes en plastique à deux dents, plantées dans le dos des sandwiches jaunes et roses au fromage et au saucisson, et ça, c'était d'un chic inouï. Le rebord de la fenêtre était couvert de boissons à la poire.

« Aliona, on peut prendre une fourchette ? » demanda Vika.

Elles avaient toutes envie de poser la question, mais les autres n'avaient pas osé.

« Je ne sais pas, répondit Aliona décontenancée. Il faut demander à maman.

— J'en voudrais juste une, une rouge ! dit Vika.

— Tu as un de ces culots, c'est monstrueux ! chuchota Gaïka à l'oreille de sa sœur.

— Toi, Cendrillon, la ferme ! » renifla Vika.

De nouveau, elles furent toutes prises de fou rire. Gaïka rougit. Vika était une teigne, c'était ce que disait leur grand-mère.

Maria Tchélycheva était la seule à avoir faim. Elle avait déjà une multitude de petites fourchettes sur son assiette, mais elle n'arrêtait pas d'en prendre. Tania Kolyvanova n'avait pas faim, mais elle avait bien envie d'avoir des fourchettes de toutes les couleurs sur son assiette, elle aussi. Seulement elle était trop intimidée pour se servir. De même qu'elle avait honte de sa taille, des immenses bottines de sa mère, de ses bas rapiécés et, surtout, de la jupe rouge de sa sœur qu'elle avait pourtant quémandée elle-même pendant des heures. Si bien qu'elle n'avait sur son assiette que le papier de son cadeau. Elle avait épinglé son petit ange sur sa chemise à carreaux et gardait la main dessus à tout hasard, pour ne pas le perdre.

« Hé, mais elle va avaler la fourchette ! » s'écria Vika en montrant Maria qui mordait dans le bord d'un sandwich en penchant la tête si bas que ses nattes châtain clair aux rubans défaits traînaient dans son assiette.

Vika saisit une fourchette et enfonça entièrement le manche dans sa bouche, de façon à ne laisser sortir que les dents multicolores.

« Tu n'as pas honte de te conduire comme ça ! murmura Gaïka d'une grosse voix.

— Ça, ce n'est pas ton affaire ! C'est la patrie qui m'a dit de le faire ! » répondit Vika en zézayant, et, de nouveau, elles se tordirent toutes de rire.

Lilia Jijmorskaïa était la seule à ne pas rire. Entre sa robe d'uniforme et son tablier, elle avait une surprise, et elle attendait patiemment l'instant propice. Il lui semblait que cet instant n'était pas encore arrivé et elle tâtait le petit paquet du bout des doigts, mais, à ce moment-là, Vika sortit de table et alla chercher dans l'alcôve, sur l'immense lit à plusieurs places, un gros ours moelleux avec des épaules étroites, un énorme derrière et un corps pelucheux tout bouclé.

« Il s'appelle Teddy ! déclara Aliona.

— C'est tonton Fédia tout craché ! » rétorqua aussitôt Vika.

Nouveau fou rire. De fait, avec sa silhouette en forme de poire et son museau pointé en avant dans un but mystérieux, il ressemblait tout à fait à tonton Fédia, le concierge de l'école.

Vika assit l'ours sur ses genoux et entreprit de le nourrir avec une fourchette.

Elles avaient toutes une dizaine d'années, seule Tania en avait déjà onze, et les impératifs de leur âge avancé les avaient contraintes à se séparer de leurs poupées. De nouvelles contingences scolaires et livresques avaient transformé les jeux avec les poupées en quelque chose de puéril et de déshonorant qu'il fallait dissimuler. Ne serait-ce que la nuit, sous ses couvertures. Même Lilia Jijmorskaïa, si sérieuse, avait sous son oreiller une de ces poupées clandestines qu'elle cachait le matin sur une étagère, derrière ses manuels. Seule Vika, une âme passionnée amoureuse de chacun de ses désirs successifs, n'avait honte de rien. Elle assit l'ours sur ses genoux, l'appuya contre son flanc et se mit à lui parler d'une voix suave :

« Allez, mon nounours ! Encore une cuillerée ! Une pour maman ! Une pour papa ! »

Puis, abandonnant le rôle connu d'avance, elle ajouta, tournant en dérision le rituel sérieux de l'alimentation :

« Une pour tous les nounours du zoo ! »

L'ours et elle avaient absolument les mêmes yeux : marron et brillants comme des boutons de bottine, avec un liseré d'un rose tendre.

La maîtresse de maison, ne pouvant résister à la

tentation, sortait déjà d'un tiroir glissé sous le canapé-lit toute une troupe de figurantes de calibres divers. Cela faisait plusieurs mois qu'elle n'y avait pas touché et elle ressentait à présent la fulgurante douceur de ces retrouvailles avec Ellis, Kitty, Betsy, June, des beautés américaines déjà légèrement engagées sur la route dangereuse où les attendait, quelques décennies plus tard, une mort totale et définitive sous l'aspect d'une armée de millions de poupées Barbie se ressemblant toutes comme des billets de cent roubles.

Gaïka se cramponnait à Betsy, une poupée aux longues boucles. Vika, abandonnant sans pitié son ours, s'empara d'une June à la peau noire dont la bouche flamboyante s'entrouvrait de façon fort séduisante (du point de vue nourriture) sur de rouges profondeurs où étincelaient de vraies dents en porcelaine.

Aliona, généreuse, posa sur les genoux de Tania Kitty, un bébé en barboteuse avec une tétine minuscule, mais parfaitement authentique, et de prodigieux yeux artificiels d'un bleu multicolore.

Lilia et Maria tiraient chacune de leur côté, délicatement, mais avec insistance, sur une Ellis aux longues jambes qui agitait de façon tout à fait humaine une queue-de-cheval couleur de lin nouée sur la nuque...

Aliona leur enleva Ellis, sa fille aînée depuis toujours, et sortit des ténèbres rectangulaires du divan deux autres poupées : une demoiselle toute bouclée en pèlerine et un petit garçon en habit de marin, avec de vraies bottines en cuir fermées par des boutons. Ces deux-là étaient des poupées anciennes.

Toutes retinrent leur souffle et soupirèrent à l'unisson. Ce couple était d'une beauté si céleste que l'on n'osait même pas y toucher, sans parler de nouer avec lui les relations d'intime parenté indispensables au jeu. Ce qu'Aliona s'empressa de confirmer :

« Maman ne me les donnait jamais. Elle dit que ce sont des roliques de famille, pas des jouets. »

Aliona s'embrouillait parfois dans les mots difficiles.

Les fillettes se penchèrent sur le couple allongé au bord du lit et effleurèrent avec précaution les cheveux soyeux de la demoiselle, les bottines en cuir du garçonnet. Leurs yeux, ceux des poupées, étaient fermés, mais pas complètement. Leurs longs cils déposaient une ombre dentelée sur le rose fruité de leurs joues. Aliona jouait le guide auprès de ses camarades de classe :

« Leurs cils, c'est maman qui les a coupés quand elle était petite. Ça l'agaçait qu'ils soient si longs. À Samara, où vivait grand-mère, ils avaient une maison en bois, elle a brûlé, c'était avant la révolution ; tout a brûlé, absolument tout, et le lendemain, la couturière a rapporté ces poupées, elle était en train de coudre un manteau pour Lucky et une nouvelle robe pour Princesse. Grand-mère leur avait commandé de nouveaux vêtements parce que maman allait naître. Et finalement, c'est tout ce qui est resté après l'incendie. »

Ces paroles laissèrent les fillettes sans voix, elles n'avaient même plus envie de toucher les poupées. Au milieu de ce silence songeur, la sonnette de la porte d'entrée retentit soudain.

« Votre maman ! » chuchota Tania saisie d'horreur.

Aliona haussa les épaules.

« Non, ce n'est pas maman. Ils vont rentrer tard aujourd'hui, ils ont une soirée au ministère. »

De fait, c'étaient Ira Pirojkova et Plichkina. La grosse Plichkina avait fini par convaincre Ira, elle rayonnait à présent d'un sourire angélique et niais qui creusait ses joues potelées de profondes fossettes et de petits plis.

La fière Ira, benjamine d'une célèbre lignée de forains, lancée depuis longtemps sur les rails de l'acrobatie familiale, prit négligemment Lucky et dit d'un ton détaché :

« J'ai exactement la même. »

« Elle ment ! » pensèrent-elles toutes.

« Tu mens ! » dit Vika.

Elles avaient été sur le point de s'embarquer pour une existence fictive et harmonieuse dans laquelle le jeu, en corrigeant une réalité dont on n'est pas satisfait, la transforme en quelque chose de plus juste et de délicieusement malléable, où le monde entier tourne docilement dans le sens qu'on lui indique, tantôt à la chasse, tantôt au marché, et où les enfants obéissants, acceptant humblement une punition méritée d'après les règles, se plient avec résignation à la divine volonté de la maman.

Mais maintenant, sans trop savoir pourquoi, elles n'avaient plus envie de jouer. C'est à ce moment-là que Lilia sortit sa surprise et déclara triomphalement :

« Regardez ce que j'ai ! »

Au début, on avait l'impression que ce n'était rien de particulier. Juste une collection de cartes postales assez anciennes. Lilia les étala sur le couvre-lit, et les fillettes s'agenouillèrent devant pour les examiner.

Il y avait là une splendeur ténébreuse. On voyait émerger de vêtements mauves et jaunes des beautés au long nez dont les yeux se rejoignaient presque sous un unique sourcil s'incurvant sur leur front. Les gestes figés de leurs bras disloqués et de leurs jambes à la syntaxe compliquée avaient quelque chose d'athlétique et d'artificiel.

Celle qui tenait un luth avait des bracelets en or aux chevilles, des souliers pareils à des gants dorés, et les mamelons de ses deux seins d'une nudité insoutenable étaient dorés, eux aussi.

L'une dansait, une autre admirait son reflet dans un miroir rond en bronze, deux autres s'enlaçaient en entremêlant leurs jambes revêtues d'un pantalon bouffant. Il était d'ailleurs possible que l'une d'elles fût un homme, mais au fond, cela n'avait pas d'importance.

Une créature en jaune vif avec une énorme pierre verte sur le front tenait entre ses mains — Seigneur ! — un livre, tandis qu'une seconde émeraude surgissait de son nombril. Une autre étreignait langoureusement une petite gazelle au visage de jeune fille. Il y avait là des cages en or fantastiques avec des oiseaux imaginaires apparentés aux orchidées, des grenades géantes sur des arbres nains, de précieuses fontaines avec une eau bleue figée à la verticale, des cruches, des éventails, des coffrets. Et un vieillard poupin avec une barbe blanche, vêtu d'un peignoir bleu constellé d'étoiles et coiffé d'un couvre-chef qui faisait penser à un volumineux abat-jour. Au milieu de sa petite paume étirée d'une façon invraisemblable se dressait un énorme serpent avec une grosse queue enroulée sous lui.

Sur ces images naïves, tout s'aimait et se caressait, le moindre frôlement engendrait la volupté : celui de la soie sur la peau, celui des doigts sur la cruche, celui de l'éventail sur l'air, et ce magnétisme amoureux émis par la matière, puissant et invisible comme la chaleur irradiée par un poêle, se répandait au-dehors et transperçait les fillettes d'une sensation forte et nouvelle, exigeant d'elles quelque chose, mais elles ne savaient pas trop quoi.

« Une seconde ! Je sais ! J'ai ce qu'il faut ! » comprit Aliona, et, dérapant sur ses semelles plates en cuir, elle se rua dans le couloir en direction de la malle couverte de lainages et de fourrures humides à l'odeur nauséabonde.

Elle flanqua toute cette montagne par terre et, de ses petits doigts aux ongles coupés ras, se mit à triturer le loquet plat de la malle. Il céda lentement, avec force protestations. Le second, lui, n'offrit aucune résistance.

Enfonçant jusqu'aux genoux dans le tas de vêtements en tapons, Aliona souleva le couvercle avec difficulté, et une bouffée douceâtre de naphtaline leur sauta au visage. Sur le dessus s'étalaient plusieurs journaux étrangers comprimés à mort. Aliona les écarta et plongea dans la malle en découvrant une petite culotte d'un blanc éclatant.

Elle sortait les uns après les autres les vêtements disposés à plat : une robe en velours noir avec des sortes d'écailles de poisson brodées sur le corsage, une autre robe du soir avec un bouquet tiré d'un herbier sur son décolleté en forme de cœur, et tout un tas de quelque chose qui avait été jadis de la soie et avait rendu les armes : un kimono marron glacé avec une doublure écarlate décorée de chrysanthèmes cramoisis, encore un kimono, et toute une portée de pyjamas en soie aux nuances inimaginables sous ces latitudes.

Avec des précautions religieuses, comme s'il s'agissait de bébés endormis, les fillettes se passaient de main en main ces précieuses dépouilles, toilettes démodées d'une femme de diplomate qui ne se sentait à l'aise que dans des tailleurs en laine bleu marine, avec leur veston croisé et leur dévouement respectueux envers le corps et le travail.

Le travailleur-diplomate, passionnément amoureux de sa femme et débordant d'une gratitude infinie pour le bonheur indescriptible qu'il retrouvait chaque soir en un seul et même lieu dont il ne se lassait jamais, l'avait généreusement comblée, durant ses années d'Amérique, de toilettes américaines peu coûteuses. Sa femme n'avait aucun besoin de ces stimulants de confection, mais elle les acceptait avec complaisance, si bien qu'une grande partie de son salaire de militaire-diplomate avait été transformée en soie, en velours et en viscose. Pour le nylon, on commençait tout juste à en rassembler les molécules.

C'était cette gratitude matérialisée et cette passion d'autrefois que les fillettes de dix ans dépliaient à présent sur le lit de leur bonheur conjugal, parmi de magnifiques reproductions, imprimées en Allemagne, de peintures iraniennes de l'époque tardive. Les deux choses n'étaient guère assorties, que ce fût par l'aspect, par la couleur ou par l'odeur, mais cela n'avait aucune importance car le charme de ces jeux tient justement au fait qu'ils s'élaborent à partir de tout ce qui tombe sous la main, du moment que s'enclenche ce courant de haut voltage qui passe entre le rose et le bleu, entre le mou et le dur, entre l'humide et le sec...

Ira Pirojkova, lorgnant une carte postale du coin de

l'œil, tortillait déjà son échine pliable et ses articulations aux facultés illimitées afin de prendre la posture idéale représentée par un peintre qui n'avait jamais étudié l'anatomie, et que son corps vivant, quoique bien entraîné, se refusait à adopter.

« Je vais mettre la rouge ! » décréta Vika en enfilant sur sa robe à carreaux en bayette une tunique ponceau décorée de fleurs carnivores dorées. « Et je serai celle-là ! » ajouta-t-elle en montrant du doigt l'image sur laquelle elle avait jeté son dévolu.

« Mais enlève ta robe ! » lui conseilla sa sœur, et Vika se débarrassa de ses carreaux marron et gris.

Les dessous des fillettes de ces années-là avaient été inventés par un ennemi du peuple travaillant à l'extinction totale de l'espèce humaine. On enfilait sur une courte chemise une brassière d'orpheline avec de gros boutons, jaunes dans ce cas précis. À cette brassière étaient fixés deux élastiques réfractaires que l'on agrafait à des bas très courts qui, dans le cas de Vika, cisaillaient ses jambes épaisses sous les genoux. On enfilait par-dessus tout cela un vaste pantalon indûment baptisé « tricot », et tout ce harnachement avait pour habitude de s'enfoncer dans les chairs, de donner des rougeurs dans les endroits sensibles, et de craquer aux mouvements brusques. La lingerie des femmes adultes de l'époque n'était guère différente, et était sans doute censée garantir la chasteté de la nation.

« Allez ! Tout le monde se déguise ! » ordonna Aliona et, se tordant les bras dans le dos, elle déboutonna ses minuscules boutons coincés dans des boutonnières encore plus minuscules.

Ira se débarrassa prestement de ses vêtements insipides, découvrant un dos musclé de professionnelle, et fourra ses jambes dans les larges manches d'un pyjama noir à rayures, puis drapa le surplus de tissu autour de ses hanches de garçon avec une crânerie toute foraine. Sa future poitrine, représentée par deux bourgeons blafards, méritait une parure digne d'elle, et ses yeux coururent en tout sens sous sa longue frange à la recherche de l'objet adéquat.

Maria déboutonnait sa robe d'uniforme marron et fronçait son petit nez de renard au bout pointu et mobile en réfléchissant à ce qu'elle allait choisir ; son flair naissant et déjà infaillible s'arrêta sur le kimono marron glacé.

Tania, les bras ballants, restait pétrifiée au milieu de la pièce, à méditer sur cette proposition fascinante et effrayante.

Lilia enlevait d'un air mélancolique un de ses bas épais en laine côtelée et n'arrêtait pas de regarder la carte postale avec le vieillard au serpent. Elle sentait frémir dans son âme de faibles velléités de mise en scène.

« C'est Plichkina qui fera l'enchanteur ! »

Aliona s'indigna :

« Comment ça, Plichkina ? Qu'est-ce qu'elle vient faire là-dedans, Plichkina ? C'est Tania qui sera l'enchanteur, c'est la plus grande ! »

L'argument était convaincant, mais Tania, qui se cramponnait à sa jupe rouge trop grande, devint écarlate de confusion. Elle n'arrivait toujours pas à se décider.

On envoya promener les poupées. Le jeu précédent, à peine germé, s'était déjà étiolé. Les cartes postales étalées sur le bord du lit incitaient à un nouveau jeu. L'acte de se déguiser en était le prologue achevé, mais les règles étaient inconnues, et il y eut un temps mort.

Lilia, toujours vêtue d'un seul et unique bas qui offrait un contraste assez laid avec la soie d'un rose tendre, se tourna vers la bibliothèque et darda sur le dos des livres un regard promis à la myopie.

On débarrassa Tania de sa jupe et on l'affubla d'un peignoir turquoise avec un grand dragon flamboyant dans le dos. Deux autres dragons, moins grands, étaient brodés sur le devant, à eux trois, ils remplaçaient à merveille le serpent absent. On la coiffa de la chapka à oreillettes en fourrure du père d'Aliona qu'on enveloppa d'un pyjama orange et d'une guirlande de sapin de Noël. Un pantalon de pyjama cramoisi transformé en culotte bouffante dépassait du peignoir. Tania resta debout, immobile et majestueuse, tandis qu'Aliona lui dessinait des moustaches et une barbe en trempant un fin pinceau dans de petits compartiments carrés en porcelaine, remplis de fard gras et moelleux, qu'elle avait pris dans la coiffeuse de sa mère. Les moustaches étaient une réussite, mais la barbe était ratée. Il fallut lui coller sur le menton un morceau de coton datant des fêtes du Nouvel An.

Un coffret transparent rempli de bijoux de pacotille (les fillettes les avaient baptisés « brillants ») fut renversé sur la table, et tout trouva preneur. Aliona, le front scintillant d'un énorme éclat de verre rouge qui lui glissait sur le front et retombait sur son petit nez couvert de taches de rousseur, distribuait généreusement colliers et boucles d'oreilles dans les mains tendues.

Tout se mit à tourbillonner dans un chatoiement de couleurs, le temps lui-même s'enraya et fit marche arrière. Les trois heures qui suivirent s'étalèrent comme une île éternellement verte et torride sur l'océan uniforme des minutes et des heures de la vie ordinaire.

Serrant contre son ventre un grand livre épais avec une reliure en carton avachi, Lilia se faufila hors de la pièce et se réfugia dans la cuisine, sur un tabouret, sa jambe nue douillettement repliée sous son derrière.

Le livre s'ouvrit au hasard, et elle lut : « Au-dessus de la plaine grise de la mer, le vent rassemble les nuages. Entre les nuages et la mer plane fièrement l'Albatros, pareil à un éclair noir... » Cela lui plut.

De la pièce qu'elle avait quittée s'échappait la musique un peu grinçante d'un gramophone, mais Lilia n'entendait plus rien.

On avait fait asseoir Tania sur le lit. Elle restait là, comme une idiote, avec ses genoux pointus écartés. Le coton lui entrait dans la bouche, l'échafaudage qu'elle avait sur la tête glissait tantôt d'un côté, tantôt de l'autre, et lui tenait chaud. Ira, le ventre nu, faisait au-dessus d'elle de petits mouvements qui n'étaient pas encore de la danse, mais s'apprêtaient à le devenir.

Les sœurs Oganessian avaient dénoué leurs queues-de-cheval, irrémédiablement noirci leurs puissants sourcils arméniens qui n'en avaient aucun besoin et s'étaient peint les lèvres en rouge vif, ce qui avait aussitôt donné un air viril au duvet enfantin de leur lèvre supérieure.

Vika compara avec la carte postale, conclut d'un geste en traçant des flèches rouge bordeaux bien grasses s'étirant depuis les coins externes de ses yeux jusqu'à ses tempes, et dit d'un ton ferme :

« Toi, Ira, tu danses, et toi, Tania, tu restes assise ! Nous, on sera les mariés.

— Non, mais ça ne va pas ? s'écria Plichkina d'un ton débonnaire. Une mariée, ça doit être en blanc ! »

Ira s'était déjà lancée dans sa danse : elle tortillait ses petites ailes, levait ses mollets de coq par-dessus sa tête et n'accordait pas la moindre attention à cette intéressante discussion.

« Si ça te fait plaisir, tu n'as qu'à mettre une robe blanche, mais nous on reste comme ça ! T'as pas encore compris qu'on est chez les Turcs, ici ? » expliqua Maria avec condescendance.

Au mot « Turc », Gaïka et Vika échangèrent un coup d'œil : les Turcs, elles, elles en avaient déjà entendu parler et ça n'avait rien d'un conte de fées ni d'une plaisanterie, c'était quelque chose de terrible, un secret de famille dont on ne parle pas avec les étrangers.

Plichkina eut quand même droit à un drap blanc car on n'avait rien trouvé de blanc dans la malle, à part deux jupes de tennis d'une taille minuscule, comme il ne lui serait jamais donné d'en porter.

Du coup il y avait trois mariées, sans parler d'Aliona qui tirait déjà sur l'ourlet de sa robe brodée pour enfiler quelque chose qui fasse mariée.

« Mais qu'est-ce que tu fais, Aliona ? dit Maria, inquiète Tu as vu le nombre de mariées qu'on a ? Ça en fait quatre ! Et combien on a de maris ? Ira et moi, ça fait deux !

— Je ne suis pas un mari, je suis une danseuse ! »

lança Ira en agitant le menton et en se tordant les mains.

Son grand-père, qui était son tuteur et son entraîneur, ne lui avait pas seulement forgé des muscles aussi solides que des cordes, il avait également tissé son caractère avec de tels fils que tout ce qu'elle faisait, elle le faisait toujours à fond, à mort, jusqu'à l'anéantissement total. Il arrivait au vieil homme de la sortir de la salle d'entraînement en la portant dans ses bras. À présent, elle s'était lancée à corps perdu dans cette danse et n'arrêtait pas de tortiller son corps afin de prendre la pose de la fille sur la carte postale, dont elle ne cessait de se rapprocher, mais pas complètement. C'était surtout avec les mains qu'elle avait du mal.

« Alors quoi, il va falloir que je me marie avec toutes à la fois ? protesta Maria avec indignation.

— Mais oui, mais oui, c'est même très bien ! fit Aliona toute contente en lâchant son pesant ourlet. Tania sera le shah, moi, la femme du shah, et elles, nos filles, trois sœurs, les trois fiancées ! Et on les mariera toutes au même mari ! »

Aliona avait l'air aussi satisfaite que si elle avait été première au contrôle de mathématiques.

« Ah, non ! Vous, vous faites ce que vous voulez, mais moi, pas question ! Je veux un mari pour moi toute seule ! déclara Vika, démolissant la belle invention d'Aliona.

— Mais ça n'a pas d'importance, Vika, c'est un jeu ! » dit Plichkina, s'interposant pour arranger les choses avec son gentil sourire niais, comme d'habitude.

« Puisque ça t'est égal, eh bien, tu n'as qu'à être un mari et pas une fiancée ! rétorqua vivement Vika.

— D'accord ! » acquiesça Plichkina sans difficulté, et elle entreprit d'enlever le drap entortillé autour de son buste cylindrique avec de gros bourrelets asexués en guise de poitrine. « Je veux bien être un mari, pas de problème !

— Parfait ! s'écria Vika, ravie. Maria sera mon mari, et Plichkina celui de Gaïka ! »

Tout était presque réglé, quand Gaïka, qui n'arrêtait pas de lorgner son profil dans le grand miroir, se rebiffa soudain :

« Il n'en est pas question ! C'est Maria qui sera mon mari ! Toi, tu n'as qu'à prendre Plichkina !

— Quoi ? » fit Vika stupéfaite.

Gaïka considéra sa sœur d'un œil humide.

« Je dis que je ne veux pas de Plichkina !

— Et pourquoi ça ? demanda Vika d'un ton menaçant.

— Je n'ai pas envie ! déclara Gaïka d'une voix douce mais sans réplique. Tu n'as qu'à prendre Plichkina toi-même ! »

Plichkina s'immobilisa, son drap à la main. Aliona se concentrait sur son diadème qui lui tombait sur le nez. Vika fut effleurée par un terrible pressentiment. Sa gorge se serra tellement qu'elle dut déglutir à plusieurs reprises pour faire passer cette impression d'obstruction et d'étranglement. L'ombre de l'avenir venait de passer sur leur existence présente, et elle était épouvantable : il se trouvait que Gaïka jouissait de certains droits supplémentaires en vertu desquels elle allait sans effort recevoir de la vie ce qu'elle, Vika, devrait lui arracher de haute lutte...

« Non ! dit fermement Vika. Je ne veux pas de Plichkina !

— Bon, alors, on fait comme j'avais dit ! déclara Aliona toute contente. On va marier nos trois filles à un seul mari. Mais c'est un fils de roi et il s'appelle... Moukhtar !

— Ah, non, pas Moukhtar ! dit Maria en éclatant de rire. À la campagne, on a un chien berger qui s'appelle comme ça.

— Tigrane ! » soupirèrent en chœur les jumelles d'un ton rêveur.

Elles avaient à Tbilissi un cousin éloigné, aux sourcils bien fournis et aux yeux gris, dont le teint couleur de lilas transparaissait sous le duvet de ses treize ans.

« Bon, d'accord pour Tigrane ! acquiesça Maria.

— Et moi, qu'est-ce que je fais ? » demanda timidement Tania, qui avait envie d'aller aux toilettes depuis longtemps.

« Toi, tu ne bouges pas. Je vais m'asseoir à côté de toi », dit Aliona.

Et Tania, après s'être trémoussée, s'immobilisa de nouveau, les genoux écartés.

Elles retournèrent toutes à table, versèrent le reste du jus de poire dans de grands verres et, ne trouvant rien qui fasse l'affaire parmi les trésors éparpillés sur la table, entreprirent de fabriquer des alliances avec du papier d'aluminium et des fils de couleur. L'élégant fiancé, un couteau de cuisine glissé dans sa ceinture, les prit toutes les trois dans le creux de sa main afin de les distribuer à chacune des sœurs, tandis que les fiancées se mettaient en rang à côté de la table.

« Cul sec ! » cria Aliona à tue-tête.

Elles entrèrent toutes dans le jeu. Tigrane échangea une alliance avec Vika, l'embrassa et avala gaillardement sa limonade. Puis ce fut le tour de Gaïka, et celui de Plichkina. Trois grosses alliances en papier d'aluminium ornaient la main virile du marié. La limonade fut bue jusqu'à la dernière goutte. Dans l'ensemble, le mariage n'était pas très convaincant. Il était clair qu'il manquait quelque chose. D'ailleurs, dans les mariages des adultes de ces années-là aussi, il y avait une sorte de vide que l'on comblait d'ordinaire par des beuveries sans nom qui foisonnaient comme des touffes d'orties dans un terrain vague.

Mais Gaïka, qui n'avait pas remarqué de vide, était déjà en train de langer sur le lit la poupée Kitty, dont la taille se rapprochait de celle d'un vrai bébé.

« Et maintenant, on dirait que j'ai une fille ! déclara-t-elle.

— Comment ça, une fille ! Tu es drôlement rapide, toi ! fit remarquer Tania le shah d'un air sceptique. Et le reste, alors ? »

Et elle enfonça l'index de sa main droite dans un trou formé par l'index et le majeur de sa main gauche. Toutes les fillettes se turent.

« Hein ? demanda Gaïka.

— Ben, ça, quoi, ce qu'on fait pour avoir des enfants ! » précisa Tania en faisant glisser l'index de sa main droite dans la direction voulue.

L'infatigable Ira, telle une automate bien remontée, continuait toujours à danser avec ses bras, mais elle était descendue à l'orchestre. Elle était allongée par terre, les pieds contre la nuque, et tordait ses poignets dans l'espoir de finir quand même par les retourner.

« Tania ! » protesta Gaïka d'un ton implorant, espérant de toute son âme parvenir à la convaincre.

« Quand un homme et une femme se marient, ils ont des enfants...

— Tu ne vas pas me dire que tu ne sais pas ? (Tania fit tourner un doigt sur sa tempe.) Tu es un vrai bébé, ma parole ! »

Plichkina éclata de rire et Aliona échangea un regard avec Maria.

« Une fois un, un monsieur vient ! entonna Tania d'un ton épique. Deux fois deux, sa femme le veut, trois fois trois, il la prend dans ses bras, quatre fois quatre, ils se mettent en quatre...

— Mais oui, je sais ! coupa Gaïka.

— Tu ne sais rien du tout ! » rétorqua Tania d'un ton sec.

Elle ne savait pas grand-chose, mais ça, au moins, elle le savait parfaitement. Aussi poursuivit-elle :

« Cinq fois cinq, la lumière s'éteint, six fois six, les voilà au lit...

— Arrête ! » supplia Gaïka.

Mais Tania poursuivit impitoyablement :

« Sept fois sept, ils font la bête, huit fois huit, le docteur, vite, vite, neuf fois neuf, un bébé tout neuf, dix fois dix, le voilà sorti ! Alors ? T'as compris ?

— C'est quand... Ça s'appelle... » bredouilla Gaïka, terrassée par cette énigme.

Aliona était une femme du monde, elle perçut le malaise et fit preuve de présence d'esprit :

« Tu n'as qu'à demander à Lilia comment ça s'appelle ! Elle sait tout. »

Gaïka, serrant la poupée contre son cœur, se dirigea vers la cuisine. Lilia était perchée sur son tabouret, elle avait changé de jambe, si bien que c'était maintenant la jambe nue qui se balançait dans le vide, et ses pupilles couraient sur les lignes à toute allure.

« Lilia ! dit Gaïka en lui touchant l'épaule. Dis-moi, mais pour de vrai, hein ? Comment ça s'appelle, ce qu'on fait pour avoir des enfants ? »

Lilia leva un regard distrait, réfléchit un instant, et dit avec le plus grand sérieux, d'une voix un peu enrouée :

« Le cosinus ! »

Et elle se replongea dans son livre. Sa grand-mère lui avait tout expliqué honnêtement, de façon scientifique, l'année précédente.

Gaïka se sentit le cœur plus léger. Le cosinus, quand même, c'était le cosinus, et pas ce mot affreux, grossier et indécent. Mais sur le chemin du retour, elle fut traversée par l'idée déplaisante que ses propres parents, quand ils avaient voulu les mettre au monde, avaient fait ce cosinus, eux aussi... Enfin, il existait peut-être une façon plus convenable de faire ça, que même Lilia ne connaissait pas...

Elle entra alors que Maria, Plichkina et Vika se roulaient toutes les trois sur le lit en mimant l'acte suprême, tandis que Tania, se dandinant d'un pied sur l'autre et souriant d'un air condescendant, répétait en haussant les épaules :

« Mais non, pas comme ça ! Ce n'est pas du tout ça ! Il faut lever les jambes en l'air ! »

Tania Kolyvanova était mauvaise élève ; à la cantine, elle mangeait à une table à part, là où on servait des repas gratuits aux « dispensés », et c'était le comité des parents d'élèves qui lui payait son uniforme. Il lui manquait toujours quelque chose : tantôt ses pantoufles, tantôt son sac pour les caoutchoucs, tantôt ses affaires de gymnastique. Dans la classe, elle était tout en bas de l'échelle. Et voilà que soudain, il s'avérait qu'elle était au courant de choses secrètes, des choses de grandes personnes, et, en plus, pour elle, c'était tout simple, elle en parlait d'une voix normale, sans embarras. De grande perche redoublante et endormie, elle se transformait à vue d'œil en un personnage très important. Toutes la considéraient avec un intérêt plein de curiosité. Mais Tania avait tellement envie d'aller aux toilettes qu'elle était hors d'état d'apprécier cette ascension inattendue.

« Alors, comment on fait, Tania ? demanda Vika à quatre pattes sur le lit.

— Ça ne va pas du tout, ici ! dit Tania en tapotant le lit d'un air critique. Il y a trop de place. Il faut faire ça dans un endroit où on est à l'étroit. Et puis il doit faire sombre.

— On n'a qu'à aller sous la table ! » fit Plichkina toute réjouie.

Tania souleva le bord de la nappe d'un air dubitatif et jeta un coup d'œil sous la table.

« Il faut deux oreillers, dit-elle en plissant le front. Et puis un drap de dessous. Et un autre pour se couvrir. »

On installa la couche nuptiale.

« Bon, c'est moi la première ! » s'écria Plichkina en sautillant d'impatience.

Le mari était déjà allongé dans la pénombre de cette demeure au plafond bas et aux murs constitués de bandes de lumière ondoyant à travers la nappe, de jambes mobiles et des pieds immobiles de la table et des chaises ; ces ténèbres caverneuses le mettaient dans l'obligation de se livrer à quelque chose de terrible et de mystérieux.

Plichkina, écartant d'une épaule vigoureuse Aliona et une chaise, se glissa à grand bruit sous la table. Une fois dessous, elle gloussa :

« Hé, mon mari, où es-tu ? »

Elle fichait tout en l'air avec ses gloussements idiots, et le mari dut changer de tactique :

« Allez, viens par ici. »

La mariée s'approcha à quatre pattes et se mit à l'embrasser. Elle adorait tout ce qui était étreintes et frôlements, tous les mouvements secrets du corps. Elle avait une certaine expérience, petite, mais agréable. Elle serra son mari dans ses bras et, tout d'un coup, l'atmosphère devint étouffante.

« Si on s'embrassait vraiment, comme au cinéma ? proposa-t-elle. Comme les monsieurs et les dames... »

Et elle fourra sa bouche ouverte sous le nez de son mari. Il essaya de se détourner, mais le fouillis de jambes et de pieds de table l'en empêchait, et il fut contraint de poser ses lèvres gercées par l'air sec de l'hiver sur la bouche humide et brûlante de Plichkina. Là-haut, c'était le silence.

« Je vais te montrer quelque chose de très agréable. Ça vous brûle, c'est fou ! » promit Plichkina.

La tête inclinée, elle s'assit sur la barre, souleva le drap et, croisant ses jambes potelées, enfonça son index au beau milieu du triangle.

« Donne-moi ta main, je vais te montrer ! chuchota-t-elle à l'oreille de Maria.

— Idiote ! » ricana celle-ci.

Elle connaissait parfaitement ce numéro-là. Seulement, elle ignorait que les autres le connaissaient aussi.

Plichkina se balança un peu, devint toute rouge et dit d'un ton vexé :

« Je te jure, je ne mens pas ! C'est drôlement agréable... »

Mais le marié se dégagea et se glissa dehors. Plichkina remonta à la surface, rose et moite comme un petit cochon sortant du bain.

« Gaïka ! À ton tour ! » proposa le marié.

Et Gaïka, accrochant deux dossiers de chaises à la fois avec ses larges manches, se glissa sous la table sans grand enthousiasme. Le mari se faufila par l'autre côté.

Gaïka entendit un murmure rauque : « C'est moi, Tigrane ! » Et elle ferma les yeux. L'année dernière, alors qu'elle jouait avec Vika dans le jardin de sa grand-mère à Tbilissi, Tigrane, qui était en visite avec une tante commune, les avait regardées du haut de la terrasse. Sans tourner la tête, Vika avait dit tout bas à sa sœur : « Tu as vu, il nous regarde ! » Gaïka savait que c'était elle qu'il regardait, et elle s'était détournée. Vika s'était mise à pouffer sans raison et, tirant sur sa jupe, elle avait fait « l'hirondelle », les bras écartés, en levant très haut sa jambe musclée.

Gaïka était allongée, les paupières fermées. Il se pencha sur elle en s'appuyant d'une main sur l'oreiller près de sa tête, ce qui lui tirait les cheveux et lui faisait mal. De l'autre main, il lui écarta les genoux.

Elle eut le souffle coupé. Elle n'avait connu une épouvante aussi profonde et aussi absolue qu'en rêve, à la fin de la petite enfance, quand elle se réveillait au milieu de la nuit en poussant un long cri étranglé, et se calmait dans les bras de son père qui la portait pendant des heures.

Tigrane se coucha sur elle.

« N'aie pas peur, ça va être agréable, tu vas voir, ça fait tout chaud... chuchota-t-il.

— Tu vas le faire en vrai ? dit Gaïka, épouvantée. Non, Tigrane, s'il te plaît !

— Espèce d'idiote ! On fait semblant, évidemment ! » fit Maria en riant.

C'est seulement alors que Gaïka comprit qu'il n'y avait aucun Tigrane. Et elle éclata de rire, elle aussi. La frange de la nappe se souleva, et le visage grimaçant de Vika surgit à l'envers.

« Allez, dépêchez-vous, c'est à moi, maintenant ! »

Tandis que le marié prenait possession de sa dernière épouse, Aliona s'affairait, elle fixait une grosse poupée sur le ventre de Gaïka, sous son pyjama jaune citron.

« Comme ça ? » s'assura-t-elle auprès de Tania.

Celle-ci hocha la tête.

« Je n'en peux plus, je vais faire dans ma culotte ! » songea-t-elle au désespoir et, serrant les jambes très fort, elle se dirigea vers la porte.

« Où tu vas ? demanda Aliona, étonnée.

— Je rentre chez moi, répondit-elle avec laconisme, sentant tout se déchirer à l'intérieur, et se disant en même temps qu'au moins, maintenant, elle ne salirait pas le tapis.

— Mais on n'a pas fini de jouer ! dit Aliona, désemparée.

— Maman va me gronder », répondit Tania d'un

ton sinistre, presque sans desserrer les lèvres. Elle avait l'impression que si elle desserrait les lèvres, elle allait déborder. Il ne lui venait même pas à l'idée de demander où étaient les toilettes.

« On arrive au plus intéressant, et toi, tu... » geignit Aliona d'un ton déçu, contrariée par la perte d'un expert aussi précieux.

Mais Tania enfilait déjà son manteau qui, par chance, se trouvait sur le dessus. Le bonnet était dans la manche, quant aux gants et à l'écharpe, elle ne les chercha même pas. Poussant le léger taquet luisant du verrou, elle sortit sur le palier. En bas, l'ascenseur gargouillait. Au-dessus, un demi-étage plus haut, il y avait des ténèbres à l'abri des regards, devant la porte du grenier. Elle monta et, sentant qu'il était déjà trop tard, baissa sa culotte ainsi que le pantalon bouffant d'un rouge flamboyant qu'elle avait enfilé par-dessus, s'accroupit et, au même moment, la limonade gicla, dépouillée de certains éléments chimiques, mais n'ayant rien perdu de sa couleur jaune paille.

« Je vais me faire prendre ! » songea-t-elle soudain. Elle voulait arrêter ce torrent, mais c'était impossible. L'ascenseur cliqueta, claqua, et se remit à ronfler. Le ruisseau qui sortait de sous son manteau retroussé coulait le long de l'escalier avec l'intention de se répandre traîtreusement sur le palier du dessous, mais il ralentit et s'étala en dessinant une mare en forme de poire. Elle remonta prestement sa culotte, essuya son visage trempé de larmes qu'elle n'avait même pas remarquées et, faisant claquer ses bottines, dévala l'escalier, légère et délivrée, avec la bizarre sensation de s'élever dans les airs et non de descendre. En proie à un reste d'angoisse, à la honte de ce qui avait failli lui arriver, et à un prodigieux bonheur physique, elle rentra en sautillant chez elle, où sa mère ne l'attendait absolument pas, puisqu'elle travaillait ce jour-là dans l'équipe de nuit.

C'est seulement une fois à la maison, devant les regards abasourdis de sa sœur aînée et de ses deux petits frères, qu'elle se rendit compte qu'elle s'était sauvée avec des vêtements qui n'étaient pas les siens, et que la jupe rouge de sa sœur était restée chez Aliona, ainsi que sa chemise à carreaux toute neuve, avec l'ange épinglé sur la poitrine.

Ici, dans leur pièce étroite avec une moitié de fenêtre, cela sentait le pétrole, le vieux pot de chambre et les petits pâtés tout frais que sa mère avait faits avant de partir au travail, c'était tellement bien et tellement affreux qu'elle se jeta sur le lit maternel qui, dans ses souvenirs, avait déjà vu passer quatre beaux-pères, et pleura à gros sanglots dans l'oreiller, le dragon doré tressautant sur son dos turquoise...

... Les mariées enceintes étaient allongées en travers du lit et se préparaient à accoucher.

« Vika et Plichkina vont avoir des garçons, et Gaïka une fille ! » décréta le mari, faisant part de ses désirs, mais Aliona le rabroua avec une rudesse inattendue.

« Tu ferais mieux d'aller acheter une poussette !

— Tu rigoles ? Je suis un prince ! Une poussette ! Et puis quoi encore ? » s'indigna le prince Tigrane, détrôné sans avoir compris comment.

« Ça fait une heure qu'on joue à autre chose, et toi, tu continues à faire le prince ! » dit Ira en haussant les épaules. Elle avait fini par en avoir assez de danser, et s'était métamorphosée en docteur.

Aliona disposait sur une grande assiette des couteaux à fruit pris dans le buffet ainsi que des pincettes à l'usage indéfini.

« Ce sera les instruments, expliqua-t-elle en posant l'assiette sur le lit. Tout a été stérilisé. »

Il n'y avait pas très longtemps qu'elle avait été opérée de l'appendicite, et ses souvenirs étaient encore tout frais.

« Des instruments ? Pour quoi faire ? demanda Plichkina étonnée.

— Tu ne sais pas ? Lilia dit que quand ça ne passe pas par la pipinette, on vous découpe le ventre ! expliqua Ira. On fait une opération. Ça arrive même très souvent. Mais pourquoi tu restes comme ça ? Tu dois gémir ! Ça fait horriblement mal, c'est maman qui me l'a dit. »

Plichkina se mit à pousser des gémissements très réussis. Vika les reprit un ton plus bas. Gaïka, elle, en avait assez de ce jeu depuis longtemps. Serrant la poupée contre son ventre, elle songeait à Tigrane debout sur la véranda, à la façon dont il l'avait regardée. « Quand je serai grande, je me marierai avec lui ! » décida-t-elle.

« Allez, dépêche-toi, j'en ai marre ! geignit Plichkina.

— Ça y est, c'est prêt ! dit Ira d'une voix de docteur. Baissez vos culottes ! »

Les accouchées baissèrent la soie de leurs pyjamas. Elles avaient déjà oublié pourquoi elles s'étaient lancées dans ces déguisements et ne se rendaient même pas compte qu'elles étaient couchées, les fesses à l'air, sur les cartes postales de Lilia.

« Aïe ! Aïe ! Aïe ! » fit Plichkina avec beaucoup de naturel.

C'était une grande simulatrice, elle s'était beaucoup entraînée sur sa mère au cœur tendre.

Ira écarta la fente potelée avec un couteau à fruit rond, découvrant une chair de mollusque moite d'un rose blafard. Plichkina gloussa : ça chatouillait !

Tout doucement, Aliona se mit à tirer vers le bas la poupée posée sur son ventre.

« Mais non ! Pas comme ça ! intervint le prince déchu qu'on avait envoyé chercher une poussette. Prends plutôt celle-là, et fais-la sortir au bon endroit, il faut faire comme en vrai ! »

En tant que père, il tenait à la vraisemblance, et il fourra dans les mains d'Aliona un petit baigneur en celluloïde.

« Lilia dit qu'ils naissent la tête en avant ! prévint Ira.

— On dirait que je n'arriverais pas à accoucher, alors vous me feriez une opération ! déclara cette crâneuse de Vika.

— Hé, attends, toi ! C'est à moi d'abord ! » protesta Plichkina en se fâchant. Elle avait tout le temps l'impression de se faire évincer.

Ira, accompagnée par les gloussements de Plichkina, avait déjà introduit le baigneur à l'endroit voulu, et sa petite tête aux cheveux bien coiffés sortait de là comme une bulle rose.

« Maintenant, contracte-toi ! recommanda Aliona. Il doit y avoir des contractions ! »

Et Plichkina contracta ses flancs avec ses deux mains.

« Allez ! fit le docteur en la pressant. Accouche ! »

Il tira le baigneur par la tête, mais Plichkina le retenait par une sorte de crispation intérieure. Ira enfonça alors la tête si profondément qu'elle disparut presque entièrement, puis tira dessus. Plichkina piailla :

« Hé, arrête ! Ça fait mal ! »

Le bébé était né. Ira le posa sur l'assiette à côté des instruments, et Aliona l'aida à opérer la substitution prévue d'avance : elle lui fourra dans les mains une grande poupée, celle qui, en fait, devait naître, mais avait été momentanément mise de côté.

Plichkina langea la poupée et exigea, capricieuse :

« Allez, le papa ! Viens me chercher ! Tu dois venir me chercher ! On vient toujours chercher les mamans à la clinique ! »

Elle aussi, elle avait une certaine expérience de la vie.

Aliona était déjà en train de faire une césarienne à Vika en lui passant le couteau à fruit en travers du ventre.

Le tour de Gaïka ne vint jamais, car leur grand-mère téléphona en demandant s'il n'était pas temps de venir les chercher. Presque au même moment, la sonnette de la porte d'entrée retentit : Motia, la bonne des Tchélychev, venait chercher Maria, et la fillette qui commençait justement à avoir mal à la tête se laissa emmener sans résistance, à la grande surprise de Motia qui se préparait à déployer des trésors de patience pour convaincre l'odieuse gamine de s'en aller.

Brusquement, elles se sentaient toutes fatiguées. Plichkina avait même un peu faim et finit les derniers sandwiches. Les fourchettes étaient restées sur la table, elles n'intéressaient plus personne.

Le téléphone sonna de nouveau. C'était Biéla Zinovievna, la grand-mère de Lilia. Lilia discuta avec feu :

« Ma Biéla chérie ! S'il te plaît, juste une petite demi-heure ! J'ai presque fini !

— Tu as presque fini quoi ? demanda Biéla Zinovievna étonnée.

— De lire *La vieille Izerguil*[1]... Il me reste presque rien... C'est tellement intéressant ! » suppliait Lilia, aussi rose et aussi excitée que les autres.

Toutes les invitées s'en allèrent presque en même temps, et Aliona en fut très chagrinée.

Quand ses parents rentrèrent à onze heures et demie, ils furent stupéfaits : la maison était saccagée, littéralement sens dessus dessous. Seuls les meubles étaient restés à leur place. Ils se regardèrent sans rien dire. Aliona dormait sur leur lit, dans l'alcôve, parmi des cartes postales froissées et des couteaux à fruit en argent, vêtue d'une vieille robe du soir de sa mère. Le père souleva dans ses bras la fillette endormie, et la mère vit qu'elle avait le visage en feu. Elle posa sa paume sur son front et secoua la tête.

« De l'aspirine ? demanda son mari à voix basse.

— Attends une minute, je vais préparer son lit. On verra après. »

C'était une femme de sang-froid qui ne cédait pas à la panique.

Plichkina tomba malade cette nuit-là, elle aussi. Elle s'agitait dans tous les sens, roulant sa couverture en boule. Sa mère resta à son chevet jusqu'au matin. La

1. Roman de Gorki.

fillette se réveillait à moitié pour demander à boire, et sa mère approchait avec précaution de ses lèvres une tasse en porcelaine bleue remplie d'eau bouillie tiède. Elle buvait, et retombait dans le même cauchemar : un immense vieillard avec une barbiche noire et pointue se penchait sur elle, lui soufflant au visage une haleine brûlante, et c'était l'inspecteur des finances qui terrorisait tellement sa mère, une couturière à domicile qui prenait très cher et travaillait depuis des années sans licence.

Au matin, elle se réveilla complètement, sourit à sa mère de toutes ses adorables fossettes et virgules, et but encore une tasse d'eau. Son visage et son grand corps un peu flasque étaient constellés de petites étoiles rouges et rugueuses. Elle fit pipi dans le grand pot de chambre. Ça la piquait un peu à l'intérieur, mais elle n'y prêta pas attention. La défloration avait été si douce qu'elle n'en prit jamais conscience, et elle garda pour toute sa vie de cette histoire une peur surnaturelle devant l'inspecteur des finances qui s'était penché sur elle avec une menace indéfinie.

Les jumelles Oganessian ne tombèrent malades que deux jours plus tard, mais elles n'eurent pas beaucoup de fièvre, leur varicelle prit une forme bénigne. L'éruption fut légère, et leur grand-mère brûla tout de suite les pustules avec du jus d'oignon et non du mercurochrome, comme c'était la mode à l'époque. Elle les obligea à rester couchées, les dorlota et les divertit par toutes sortes de moyens. Elle leur parlait des Zoks dont elle descendait, et leur chantait de magnifiques chansons plaintives d'une grosse voix qui vibrait délicatement dans les aigus.

La mère des fillettes, comme toujours, restait assise dans un fauteuil sans se mêler de rien.

Maria Tchélycheva et Ira Pirojkova tombèrent malades, elles aussi. Quant à Tania Kolyvanova, elle était immunisée depuis sa plus tendre enfance.

Lilia Jijmorskaïa non plus ne tomba pas malade. Mais cette nuit-là, elle fit elle aussi un rêve désagréable : ses parents venaient la chercher, non en ville, mais à la datcha. Elle était assise dans une carriole et, de façon bizarre, avec son dos, elle voyait les visages très blancs de ses grands-parents derrière la vitre de la véranda et elle se rendait compte que la véranda ressemblait à une cage de zoo : il y avait en plus, derrière la vitre, un grillage vert, comme dans une cage aux singes. La carriole se mettait à avancer toute seule, mais, Dieu sait pourquoi, cela n'avait rien d'étonnant. Lilia était assise entre ses parents. Sa mère la tenait avec sa grosse main, et cette main était couverte de poils durs et piquants, comme la joue d'un homme qui ne s'est pas rasé. Son père était en uniforme militaire. On ne voyait pas son visage.

La route commençait à s'enfoncer, si bien que les bas-côtés devenaient de plus en plus hauts, et Lilia comprenait avec horreur que cette route conduisait sous la terre, et que ce n'était pas un rêve. La dernière chose dont elle se souvenait était une foule soyeuse de beautés orientales qui l'accueillaient à l'entrée des ténèbres humides. Elles tendaient vers elle des bras luisants et translucides, l'invitant à entrer dans leur cercle murmurant, et Lilia comprenait avec soulagement qu'elle était sauvée...

Les vacances se terminèrent en même temps que

leur varicelle, mais il y eut alors une vague de froid, et les élèves des petites classes furent dispensés d'école. Lorsqu'elles se retrouvèrent, les petites filles avaient l'impression qu'il s'était écoulé non trois semaines, mais trois ans, et que ce qui s'était passé chez Aliona leur était arrivé dans une lointaine enfance. Quelque chose avait bougé et changé. Elles se sentaient un peu gênées et jamais elles n'évoquaient cette soirée ; on aurait dit qu'elles avaient fait le serment de garder le silence, comme les complices de quelque chose de terrible et de mystérieux. Mais à dater de ce jour, elles traitèrent Tania Kolyvanova avec respect.

UN SI BEL AMOUR

L'école rouge des filles se trouvait en face de l'école grise des garçons, construite cinq ans plus tard comme pour proclamer la sage dichotomie du monde, mais également pour que l'esprit de compétition ne se répandît pas inconsidérément dans tout le quartier et pût se manifester sous une forme concentrée sur ces deux toits, resplendissant telle une colombe au-dessus du plus méritant, à savoir celui des filles, toujours en tête tant pour les résultats scolaires que pour la conduite et pour le nombre des traumatismes (avec un cœfficient négatif, cela va de soi).

On estimait que l'équipe pédagogique était meilleure dans l'école rouge, que la cuisinière y volait moins, que le concierge y cassait plus gaillardement la glace en hiver, et qu'en été il y balayait la poussière sur les allées avec plus de zèle.

La directrice Anna Fominitchna était connue, elle aussi ; elle avait travaillé dans les années vingt avec Kroupskaïa[1] en personne, et aurait bien aimé que le

1 Nadiejda Constantinovna Kroupskaïa, la femme de Lénine.

nom de Nadiejda Constantinovna fût donné à l'école, mais il avait été attribué à la maternité qui se trouvait tout près de là. Anna Fominitchna avait une voix d'un calme métallique, elle portait un peigne rond dans ses cheveux courts couleur de chanvre, et si le revers de sa veste bleu marine était criblé de trous en semaine, les jours de fête, en revanche, il y avait dans chaque trou une décoration ou autre distinction honorifique maintenue par une petite vis, alors que tout le reste, autrement dit les médailles, était fixé par des agrafes.

Elle composait son équipe d'enseignants avec un soin méticuleux, mais n'examinait pas seulement la personne sociale qui transparaissait au travers des documents par de mystérieux indices ; dans le choix de ses professeurs, elle tenait également compte des qualités humaines et des mérites professionnels. Au Département régional de l'instruction publique, elle jouissait d'une telle autorité qu'on lui passait bien des choses auxquelles d'autres n'auraient même pas osé songer.

Tous les enseignants connaissaient parfaitement les vastes possibilités dont disposait Anna Fominitchna, mais même eux s'étonnèrent en silence quand, à la suite du départ en retraite d'Élisavéta Khristoforovna, une vieille Allemande tourmentée par une angine de poitrine et par l'insolence des élèves de terminale, elle leur présenta, la veille du premier septembre, un professeur d'allemand au nom secrètement belliqueux[1]. Cette nouvelle, Loukina, ressemblait davantage à une actrice étrangère qu'à une enseignante soviétique. Elle venait tout juste de rentrer d'Allemagne, où elle avait passé de nombreuses années avec son mari militaire, et

1. Le nom Loukina est formé sur le mot *louk*, l'arc.

était des pieds à la tête l'incarnation même de la provocation, ses jambes, surtout, étaient provocantes, d'une nudité pour ainsi dire inconvenante : elle portait des bas incolores, transparents et qui plus est, sans couture, ce qui était un luxe à la dernière mode.

L'équipe des enseignants, en grande majorité de sexe féminin, avait à peu près encaissé le choc grâce à son sang-froid professionnel, mais qu'allait-il se passer avec les élèves, qui n'étaient pas encore protégées par l'expérience de la vie ? C'était difficile à imaginer.

De façon générale, l'année promettait d'être dure : le décret sur la mixité des écoles venait d'être promulgué ; à présent, seules les toilettes au bout du couloir restaient séparées et non plus les écoles entières. Les jeunes enseignantes, qui avaient exercé jusque-là exclusivement dans l'école rouge, étaient dans tous leurs états ; leurs collègues plus âgées, ayant connu avant-guerre l'expérience du travail dans des écoles mixtes, considéraient cette innovation d'un œil réprobateur mais sans inquiétude particulière. La fusion des écoles s'accompagnait de l'introduction de l'uniforme des garçons, qui copiait en partie celui des lycées. Constantin Fiodorovitch, un vieux professeur de mathématiques dont l'activité pédagogique avait débuté avant la Révolution, avait émis sur ce changement imminent un commentaire laconique et énigmatique : « L'uniforme des lycées organise intérieurement. » Depuis sa jeunesse, il avait pour habitude de distiller ses paroles et ne prononçait pas un mot de trop.

Pour la cinquième B, ce premier septembre fut inoubliable : à la place de leurs vingt condisciples transférées dans l'école grise, on avait incorporé à leur classe quinze voyous au crâne rasé, à la mine renfrognée, et quelque peu désemparés. Ils s'étaient agglutinés en un bloc compact et gris au fond de la classe, dans le coin gauche, établissant une ligne de défense circulaire que personne n'avait l'intention de forcer. Les petites filles faisaient tout ce qu'elles pouvaient pour n'avoir l'air de rien, elles s'embrassaient, se suspendaient les unes aux autres et se mettaient deux par deux pour occuper leurs places aux pupitres.

Strelkova, inconsolable, était toute seule à sa table, à pleurer Tchélycheva, qui s'en était allée rejoindre prématurément le monde étranger de l'ancienne école de garçons. Tania Kolyvanova, hâlée par le soleil de la campagne, s'était installée au fond, comme d'habitude, et, bien que les cours n'eussent pas encore vraiment commencé, elle avait déjà la joue barbouillée d'encre violette.

La sonnerie retentit et, à l'instant où elle exhalait son dernier soupir enroué, le nouveau professeur principal fit son entrée.

Tout le monde resta bouche bée, tant les petites autochtones que les jeunes intrus. Elle était grande et corpulente. Quarante et une paires d'yeux fixes la transpercèrent de part en part ; pas un seul détail de son aspect physique ne leur échappa. Ses cheveux brillaient sous leur vernis comme le couvercle d'un piano dans une salle de réunion, et ils étaient effectivement couverts d'une laque spéciale dont cette sixième partie des terres émergées ne connaissait pas encore l'existence ; son rouge à lèvres débordait un peu la ligne de sa bouche menue ; ses souliers plats vert foncé ornés d'un ruban noir et son sac du même vert foncé représentaient une coïncidence invraisemblable ; elle avait au doigt une alliance plate comme personne n'en portait à l'époque... Et tout le reste à l'avenant.

« Quand je serai grande, je me ferai un tailleur à carreaux comme celui-là ! » décida sur-le-champ Aliona Pchenitchnikova, tandis que les vingt-cinq autres fillettes, qui ne savaient pas prendre des décisions aussi rapides, ouvraient devant cette merveille de grands yeux éberlués et ahuris.

Tania Kolyvanova, que la nature avait gratifiée on ne sait trop pourquoi d'un odorat très subtil, fut la première à sentir l'odeur complexe et étourdissante de son parfum. Elle inspira le plus profondément possible ces effluves épicés et un peu lacrymogènes, mais ne put les garder en elle et éternua bruyamment. Tout le monde la regarda.

« À tes souhaits ! » dit le professeur.

Le silence tendu à craquer se relâcha.

« Pour l'instant, asseyez-vous où vous voulez, on verra plus tard », poursuivit-elle d'une voix cérémonieuse et un peu grêle.

Tania s'assit à sa place du fond, rougissant si fort que ses taches de rousseur se détachaient en gris clair sur son visage écarlate.

« Je vous souhaite la bienvenue en ce début d'année scolaire. Je suis votre professeur principal, je m'appelle Evguénia Alexeïevna Loukina ! » déclara-t-elle en faisant traîner sa voix de façon éloquente, et, à la fin de sa phrase, elle comprit qu'elle avait eu tort de s'inquiéter, que les enfants allaient l'écouter et lui obéir, comme les jeunes militaires auxquels elle avait enseigné jusque-là. « À présent, nous allons faire connaissance », poursuivit-elle, et elle reprit en ouvrant un registre tout neuf : « Alférov Alexandre ! »

Alférov Alexandre était le plus menu des garçons, mais il avait une frimousse d'adulte et ressemblait à un lilliputien. Il resta debout en se tenant à son pupitre, les yeux baissés. Elle se taisait, attendant qu'il la regarde. Et il la regarda.

Evguénia Alexeïevna était une grande spécialiste des regards, elle savait regarder d'un œil doux, piquant, plein de promesses, énigmatique et méprisant, nouant d'emblée un rapport personnel. Elle lut toute la liste jusqu'au bout, garda un instant accroché à l'hameçon de son regard chacun de ces petits poissons, mémorisa le nom des jumelles, du lilliputien, de la fillette grassouillette et souriante du premier rang ainsi que de quelques autres pourvus de signes particuliers. Elle avait une mémoire de professionnelle qui enregistrait tout et savait qu'au bout d'une semaine elle les connaîtrait tous jusqu'au dernier. Elle inscrivit sur le tableau noir humide et luisant : « *Heute ist der erste September* », et passa à l'enseignement de l'allemand...

À l'école, ces premiers jours de classe furent nerveux et tendus, surtout dans les grandes classes. Les garçons et les filles, placés soudain dans une intimité inattendue, se regardaient avec des yeux nouveaux, et même ceux qui se connaissaient depuis longtemps pour avoir joué ensemble dans les mêmes cours, refaisaient en quelque sorte connaissance. Des amours scolaires se développaient à toute allure, des petits mots roulés en boule volaient d'un pupitre à l'autre, et la trajectoire de leurs vols était beaucoup plus intéressante que celle de la balle lancée à la vitesse de quarante-cinq mètres par seconde sous un angle de trente degrés depuis l'immortel manuel de physique de Pérychkine.

Fin septembre, on savait pertinemment qui était amoureux de qui. Kostia Tchéremissov était tombé amoureux d'Aliona Pchenitchnikova et ce, pour de longues années, comme l'avenir allait le montrer ; la grosse Plichkina avait donné son vaste cœur à la fois à Vassiliev, un redoublant sportif, et au gentil Sacha Katz ; Bagatouria et Konnikov se dévoraient des yeux du premier au dernier cours, et Lénotchka Bespalova les avait déjà vus un jour près de la fontaine du square Miousski.

Il y avait aussi, bien sûr, des affinités secrètes, des passions muettes et des jalousies cachées, mais le sentiment le plus ardent, le plus idéalisé et le plus désintéressé, c'était dans le cœur de Tania Kolyvanova qu'il était enfoui. L'objet de son amour se trouvait à des hauteurs inaccessibles : c'était la divine Evguénia Alexeïevna en personne.

Deux cours par semaine et des rencontres éclair dans les couloirs ne pouvaient rassasier sa passion. Généralement, pendant les interclasses, elle se plantait devant la porte de la salle des professeurs et attendait sa sortie comme on attend la sortie d'une prima donna ; chaque fois, Evguénia Alexeïevna se révélait plus splendide que jamais, la réalité de sa beauté fabuleuse dépassait toutes les attentes, et Tania en restait paralysée de bonheur. En dépit de cette tétanie euphorique, de menus détails n'échappaient pas à son regard extasié : une nouvelle broche près du col, le coin d'un foulard en soie surgissant soudain de la minuscule poche du haut de son tailleur. Il ne venait pas à l'esprit de Tania, comme c'était le cas, disons, pour Aliona, de rêver d'avoir un tailleur à carreaux comme celui-là, un jour, dans cet avenir infiniment lointain du « quand elle serait grande ». La seule chose dont elle avait envie, c'était de posséder une photo d'Evguénia Alexeïevna, et elle savourait d'avance la perspective de la grande photo de classe que l'on prendrait à la fin de l'année avec le professeur principal au milieu, et du portrait qu'elle découperait avec des ciseaux, un portrait obligatoirement rond qu'elle garderait toujours avec elle dans son plumier, à l'intérieur du petit compartiment à plumes. Mais la fin de l'année était encore loin.

Un jour, à la fin du mois de septembre, alors qu'elle accompagnait Evguénia Alexeïevna jusqu'au métro à une distance de détective, elle décida de descendre derrière elle et, après avoir changé sans se faire remarquer à la station Biélorussie, elle sortit à la station Dynamo, suivant l'imperméable clair à une distance convenable. L'imperméable surgissait parmi les arbres, serpentait sur un sentier le long des maisons délabrées de l'ancien parc Pétrov, et Tania marchait sur les feuilles d'érable rouge et jaune comme sur un nuage, elle était prête à marcher comme ça toute sa vie, avec, devant elle, cet imperméable plissé et cet antique nœud brillant noué sur la nuque. Puis le professeur tourna et disparut. Tania décida qu'elle était entrée dans la cour du seul immeuble digne d'elle, une maison « de généraux » décorée à l'entrée par d'énormes boules de granit.

Il s'avéra par la suite qu'Evguénia Alexeïevna habitait effectivement dans cet immeuble. Quelques jours plus tard, alors que ces filatures secrètes étaient devenues un rituel quotidien, Tania vit s'élancer à la rencontre de son professeur une fillette de cinq ans vêtue d'une jupe plissée rouge, avec un bandeau dans ses cheveux noirs et brillants. La fillette se promenait avec une grosse dame âgée à l'air revêche coiffée d'un chapeau à oreillettes et, à vrai dire, elle n'était pas très jolie : un grand front, un menton allongé et une grosse lèvre inférieure. Tania la trouva extraordinaire.

« Une petite fille d'outre-mer », se dit-elle avec exaltation. Et par-dessus le marché, la petite fille d'outre-mer s'appelait Régina. Elle ressemblait tellement à son père que, quelque temps plus tard, Tania reconnut ledit père dans un large général court sur pattes avec une grosse lèvre inférieure, qui, l'air mécontent, sortait d'une automobile noire devant l'entrée d'Evguénia Alexeïevna.

Poussée par le désir inextinguible et innocent de voir l'objet de sa passion, Tania la suivait à une distance respectable quand elle se rendait chez son dentiste place Troubnaïa, l'accompagnait, invisible, quand elle allait voir sa sœur aînée à l'hôpital, l'attendait près de son coiffeur, où l'on recouvrait ses grands ongles d'un vernis rouge cerise, et inspirait la capiteuse odeur du vernis qui transperçait ses gants de cuir fin quand elle sortait dans la rue. Même l'aspect le plus secret de la vie de son professeur ne lui avait pas échappé : tous les mardis, à trois heures moins dix, Evguénia Alexeïevna sortait de l'école et partait du côté opposé au métro ; elle allait jusqu'à une crémerie carrelée au coin de la rue Kaliaïevskaïa et du boulevard des Jardins et s'arrêtait devant une vitrine remplie de bouteilles géantes en carton ; à ce moment précis arrivait une Pobiéda grise, il en sortait un militaire très grand qui faisait le tour de la voiture pour lui ouvrir la portière. Elle s'asseyait sur le siège avant, il claquait la portière d'un air impénétrable, et Tania, qui arrivait juste au coin de la rue, avait encore le temps d'entrevoir par la vitre arrondie de la voiture une main d'homme posée sur une nuque renversée.

Cette Evguénia Alexeïevna si sûre d'elle et si insouciante qui, comme elle le disait à sa meilleure amie, était capable de remettre à leur place même ces petites maîtresses d'école, souffrait de myopie ; dans la foule, tous les visages se confondaient pour elle, et Tania, étant donné son statut d'enfant et son insignifiance générale, n'avait aucun mal à se fondre dans la foule. Aussi Evguénia Alexeïevna vivait-elle constamment avec son escorte invisible, y compris les jours de congé, que Tania passait autant que possible devant son entrée aux boules en granit, afin de ne pas rater le moment où elle sortait de chez elle avec sa fille ou son mari.

Puis l'hiver commença. Evguénia Alexeïevna se mit à porter une pelisse en mouton doré resplendissante et des bottines marron à semelles de crêpe blanches. Les filles de la classe passaient leur temps à commenter ses atours, mais Tania ne comprenait pas ces conversations : à ses yeux, les beaux vêtements d'Evguénia Alexeïevna n'étaient pas une preuve de bon goût, de richesse, ni finalement, du fait qu'elle avait vécu longtemps à l'étranger, mais une qualité qui lui était personnelle, comme si la pelisse resplendissante, les bottines, les pulls moelleux et les corsages étaient sécrétés par sa propre substance, de même qu'un mollusque sécrète des perles.

Vers la mi-décembre, à la fin du premier trimestre, Tania avait tellement de mauvaises notes qu'Evguénia Alexeïevna la convoqua, les lui montra une par une de son ongle dur et lui dit qu'il fallait absolument se reprendre. Elle la confia à Lilia Jijmorskaïa, une élève modèle et consciencieuse, qui s'attela à la tâche avec ardeur. Tous les jours, Lilia attendait que Tania ait terminé son repas gratuit à la cantine, lorgnant avec envie la salade à la mayonnaise de l'école que, Dieu sait pourquoi, on ne faisait jamais à la maison, puis emmenait Tania chez elle, tout près de l'école.

La domestique, l'affectueuse Nastia, embrassait Lilia. Lilia embrassait Nastia. Ensuite un chat avec une grosse tête venait se frotter contre les bas en coton de Lilia, et, pour finir, on voyait surgir une petite vieille minuscule, une vraie poupée, qui s'appelait Tsilia, et c'étaient de nouveau des embrassades. Tsilia terminait tous ses mots par « è », et n'entendait absolument rien, ce dont Lilia avait informé Tania dès la première fois : « Tsilia est une parente de province, elle est venue pour se faire poser un appareil auditif. »

Ensuite, elles se lavaient les mains et entraient dans une grande pièce où se trouvaient une table avec une nappe blanche, un divan recouvert d'un tapis, un piano et encore bien d'autres richesses et splendeurs, même un téléviseur équipé d'une lentille[1]. Nastia apportait le repas, deux assiettes à la fois pour chacune, et la nourriture aussi était extraordinaire. Une

1. Les premiers téléviseurs soviétiques étaient si petits qu'on plaçait devant l'écran une lentille faisant office de loupe.

fois, au lieu de soupe, elle leur donna du bouillon dans une tasse avec deux anses, et un petit pâté sur une soucoupe. Et le pâté, bien qu'à la viande, était si délicieux qu'on aurait dit qu'il était sucré. Pendant qu'elles mangeaient, Nastia restait debout près de la porte, les mains croisées sur le ventre, à se réjouir d'on ne sait trop quoi. Un jour où Nastia leur servit de la compote non dans des verres, mais dans des coupes, Tania devina soudain que chez Evguénia Alexeïevna, tout devait être exactement aussi luxueux et aussi beau. La seule chose, c'est qu'il y avait toujours une drôle d'odeur dans cette pièce, une odeur troublante et agaçante. « Ça sent les Juifs », décida Tania, qui savait que les Juifs se distinguaient des autres gens par quelque chose de mauvais. Il s'agissait de l'odeur de camphre qui imprégnait tout l'appartement depuis l'époque de la maladie du grand-père de Lilia.

Après ce deuxième repas, elle avait envie de dormir, mais Lilia l'emmenait dans la petite pièce du fond et lui faisait faire ses devoirs. Au début, elle donnait des explications détaillées, mais si elle voyait que Tania ne comprenait pas, elle écrivait à toute vitesse sur son propre cahier et lui disait de recopier, tout simplement. Les devoirs prenaient fin assez vite, car, à quatre heures, Nastia entrait pour lui rappeler : « Lilia, tu as ta leçon de musique... » ou bien « Lilia, ta leçon d'allemand... » Lilia fermait docilement ses cahiers, et Tania s'en allait.

Tania raffolait tellement de ces visites chez les Jijmorski que son amour pour Evguénia Alexeïevna s'était même un peu refroidi, bien qu'elle passât toujours ses dimanches devant sa porte.

À la fin du trimestre, toutes les mauvaises notes étaient rattrapées, sauf en géographie, matière dans laquelle Tania n'avait pas encore été interrogée. Lilia alla alors trouver elle-même le professeur de géographie pour lui demander d'interroger Tania. Elle eut un douze, et Lilia était plus fière des succès de son élève que de ses sempiternels dix-huit : la vanité pédagogique s'était éveillée en elle.

Entre-temps, le Nouvel An approchait ; on rassembla de l'argent dans la classe pour faire un cadeau au professeur principal, et la mère de Plichkina qui, comme chacun sait, était une femme de goût, lui acheta au nom de tous une grande boîte plate avec six verres en cristal. Tania ne vit jamais ces verres, bien qu'elle eût extorqué dix roubles à sa mère et que la mère de Plichkina eût fait une croix devant son nom. En revanche, elle avait longuement contemplé tous les services en cristal exposés dans la vitrine du magasin « Verre et cristaux » de la rue Gorki et avait choisi mentalement parmi les verres ceux qui lui semblaient les plus beaux : ils étaient étroits et très grands, avec des boules à facettes en haut du pied.

Puis ce fut le début d'ennuyeuses vacances. À la maison, son frère Kolia était malade. À présent sa sœur Lidka travaillait, elle était en apprentissage chez une bobineuse, et c'était Tania qui gardait Kolia. Puis Sacha tomba malade lui aussi. Tania attendait la fin des vacances avec impatience, rêvant de ses retrouvailles avec Evguénia Alexeïevna. Pendant la séparation, son amour s'était un peu embrumé mais il n'était pas passé. Au fond, c'était un amour heureux, il n'exigeait rien, et même l'idée de rendre service ne lui venait pas à l'esprit : quel service la petite Tania Kolyvanova, qui ne possédait rien au monde à part sa vague admiration, aurait-elle bien pu rendre à sa divinité ?

Le 11 janvier arriva enfin. À huit heures du matin, Tania était déjà devant les portes de l'école, à attendre qu'Evguénia Alexeïevna entre dans la cour, tel un cuirassé parmi d'insignifiants petits navires. Et elle arriva, encore plus grande qu'elle ne l'imaginait, encore plus belle, vêtue non de sa pelisse en mouton doré, mais d'une veste en renard roux et d'un foulard vert à grosses fleurs.

Evguénia Alexeïevna se déshabilla dans le vestiaire des professeurs, tandis que Tania faisait la queue pour glisser son petit manteau miteux dans le trou du vestiaire des élèves ; après l'avoir remis à la femme de service, elle se faufila dans le vestiaire des professeurs et renifla la veste rousse toute scintillante de feu et d'or, qui sentait à la fois le fauve et le parfum. Elle caressa la manche légèrement humide et sortit sans être remarquée.

Après l'école, Lilia lui proposa d'aller faire ses devoirs, mais elle refusa, car son amour qui avait failli s'éteindre s'était réveillé avec une force nouvelle et, ce jour-là, elle avait décidé de raccompagner Evguénia Alexeïevna chez elle coûte que coûte, en cachette, comme toujours.

Après les cours, elle déambula longtemps dans la cour de l'école en l'attendant. Evguénia Alexeïevna sortit à trois heures et demie et, sans regarder autour d'elle, fonça jusqu'au métro, descendit l'escalier, mais au lieu de s'arrêter devant le wagon du milieu, comme d'habitude, elle se dirigea vers le fond de la salle, d'où venait à sa rencontre un homme distingué aux épaisses moustaches grises, avec une écharpe blanche et sans chapka. Ce n'était pas le militaire qui la retrouvait le mardi près de la crémerie, ni non plus le mari en bonnet caucasien gris. Il était jeune, aussi beau qu'elle, et tenait à la main des fleurs enveloppées d'un papier caressant.

En les regardant, Tania éprouvait le bonheur de côtoyer une vie magnifique, comme au cinéma, comme au théâtre, comme dans ce royaume des cieux dont lui parlait sans arrêt sa grand-mère de la campagne, une femme simple et bête. Elle les imaginait assis à une table en train de manger dans deux assiettes à la fois, Nastia leur apportait des petits pâtés sur des soucoupes, ils buvaient un vin d'un rouge éclatant dans les verres avec une petite boule en haut du pied, et tout cela se passait obligatoirement dans la superbe pièce de Lilia. Rien à voir avec ces gloussements, ce remue-ménage et ces râles produits par sa maman avec ses amants. Jamais, jamais... Peut-être qu'ils s'embrassaient juste, la tête gracieusement renversée en arrière...

Tania se tenait à une distance convenable, cachée derrière une moitié d'arcade en marbre. La foule était assez dense, et elle les perdit rapidement de vue.

En janvier et en février, il se produisit divers événements à l'école : d'abord, un incendie éclata dans la chaufferie, et il n'y eut pas classe pendant trois jours, le temps de réparer le chauffage ; puis ce fut la mort d'Élisavéta Khristoforovna, l'ex-professeur d'allemand qui venait de prendre sa retraite, et, pour on ne sait quelle raison, presque toute l'école alla à son enterrement ; ensuite, Kozlov, un élève de troisième, tomba de l'escalier de secours et se cassa les deux jambes d'un coup ; et pour finir, Anna Fominitchna, la directrice, se rendit en Tchécoslovaquie avec une délégation d'enseignants ; puis elle rentra, parla des frères tchèques à une réunion de l'école, donna des adresses de pionniers tchèques, et toute l'école, comme prise de folie, se mit à écrire des lettres. On organisa ensuite un concours pour choisir les dix meilleures, on les envoya, et on attendit les réponses.

On arriva ainsi au début du mois de mars, et tout le monde commença à préparer le 8 mars, la journée des femmes. La mère de Plichkina rassembla de nouveau de l'argent pour faire un cadeau au professeur principal. Tania avait demandé dix roubles à sa mère, mais celle-ci était mal lunée, elle ne lui avait rien donné et l'avait agonie d'injures. Sa sœur Lidka avait promis de lui en donner quand elle recevrait son salaire, mais ce serait seulement le 15, car sa paie du 1er était déjà dépensée. Tania avait pleuré trois soirs de suite, jusqu'au jour où sa mère était rentrée d'excellente humeur et un peu éméchée en compagnie de Volodia Tatarine, et lui avait donné dix roubles.

Tania avait l'intention de remettre ces dix roubles à la mère de Plichkina qui amenait sa fille à l'école tous les matins et ramassait l'argent dans le vestiaire. Mais comme elle avait déjà annoncé que sa mère ne donnait pas un sou, personne ne lui demanda rien. Elle passa toute la journée à se morfondre à sa place du fond. Il n'y avait pas allemand ce jour-là, et puis c'était samedi, le jour de congé du professeur d'allemand, si bien que même entre les cours, Tania ne sortit pas de la classe : cela n'avait aucun intérêt.

Le dernier cours était un cours de dessin. On dessinait de mémoire une corbeille de fleurs avec une inscription sur un ruban rouge : « Bonne fête maman... » Tania ne dessina pas : d'abord, elle n'avait pas de crayon, et ensuite, la prof, Valentina Ivanovna, était une grosse vache qui restait assise à son bureau et ne contrôlait rien. La petite fille s'ennuya un moment, puis fut illuminée par une idée grandiose : acheter à Evguénia Alexeïevna une véritable corbeille de fleurs, comme celles qu'on offre aux artistes, et lui en faire cadeau en secret, mais de sa part à elle personnellement, et non de manière collective.

Elle eut le plus grand mal à tenir en place jusqu'à la fin du cours, puis fonça rue Gorki, où elle connaissait un fleuriste dans les vitrines duquel elle avait vu des corbeilles de ce genre. Cette fois, il n'y avait aucune corbeille dans la vitrine, tout était tapissé d'une dentelle de givre feuilleté, et elle pénétra dans la petite boutique. Il y avait une multitude de corbeilles. D'où pouvaient-elles bien sortir au beau milieu de l'hiver, cela dépassait l'imagination...

Un vieux monsieur au visage rose coiffé d'une élégante chapka avec une calotte en velours était en train de choisir des fleurs, et la vendeuse n'arrêtait pas de lui répéter

« Ce que Véra Ivanovna préfère, Dmitri Sergueïtch, ce sont les hortensias, c'est toujours ce qu'on lui envoie... »

Le monsieur, qui ressemblait énormément à quelqu'un de connu, répondait d'une voix profonde :

« Mais, mon petit, Véra Ivanovna est incapable de distinguer un hortensia d'une hémorroïde... »

Tania se faufila en catimini jusqu'au comptoir et resta médusée : cet hortensia coûtait cent trente-sept roubles, et un autre, dans une corbeille plus petite, quatre-vingt-huit. Les fleurs en corbeille les moins chères, des rouges et des blanches, avec de longues tiges qui ployaient, et pas aussi somptueuses, coûtaient quand même cinquante-quatre roubles... Mais elle en avait déjà dix ! Sans perdre de temps, elle se rendit à Marinaïa Rochtch chez Tamarka, une parente amputée des deux bras. Elle espérait lui soutirer les quarante-quatre roubles qui lui manquaient. Tamarka était chez elle et fut même toute contente de la voir, elle lui demanda de mettre la bouilloire à chauffer. Tania prépara du thé, fit manger à Tamarka du pain et du saucisson, et en mangea aussi. Une fois rassasiée, Tamarka lui demanda elle-même pourquoi elle était venue.

« Pour te demander de l'argent, avoua franchement Tania. J'ai besoin de quarante-quatre roubles.

— Pourquoi as-tu besoin d'une somme pareille ? » demanda Tamarka, surprise.

Tania comprenait qu'elle n'aurait pas dû dire pourquoi, mais elle ne savait pas mentir aussi vite. Aussi avoua-t-elle que c'était pour faire un cadeau à un professeur.

« Quand je pense que moi, qui suis de ta famille, et mutilée par-dessus le marché, tu ne m'as jamais fait de cadeau de ta vie ! dit Tamarka, furieuse. Je ne te donnerai pas un sou ! Si tu veux de l'argent, faudra le gagner ! Tu n'as qu'à me laver dans la cuve et faire ma lessive, là, je t'en donnerai. Pas une somme pareille, bien sûr... »

Tania mit deux seaux d'eau sur le feu et attendit qu'ils chauffent. Elle passa toute la soirée à se débattre avec le linge, il y en avait une cuvette entière. Tamarka lui donna dix roubles, mais ronchonna en disant que c'était mal lavé.

Elle rentra tard. Sa mère travaillait dans l'équipe de nuit et Lidka dormait. Le lendemain matin, elle n'eut pas le temps de parler à sa sœur, car celle-ci partit très tôt pour l'usine. C'est seulement le surlendemain qu'elle put de nouveau l'entreprendre au sujet de l'argent. Lidka était astucieuse et dégourdie, mais elle n'avait vraiment pas un sou. Elle alla voir sous l'escalier, où était accrochée la veste de travail matelassée de Micha qui l'avait plus d'une fois dépannée de quelques pièces. Elle fouilla dans les deux poches, et rapporta à sa sœur une poignée de menue monnaie, plus de deux roubles.

Ce soir-là, il y eut une prise de bec dans la cuisine. Grania, de la baraque verte, eut une explication orageuse avec Natacha à propos de son mari Vassia. Les voisines s'étaient rassemblées dans la cuisine, et Valentina, la mère de Tania, était allée mettre son grain de sel. Lidka envoya Tania monter la garde devant la porte et fouilla dans le sac de leur mère, mais il n'y avait qu'une grosse coupure de cinquante roubles, c'était tout. Lidka avait bien encore un moyen en réserve, mais elle doutait que Tania accepterait. Elle lui posa quand même la question :

« Et si on te carambole ?

— Ça fait très mal ? » demanda Tania, pratique.

Lidka réfléchit, cherchant les mots justes :

« Quand maman cogne, c'est pire.

— Bon, alors, d'accord ! » acquiesça Tania.

Lidka décida d'engager les pourparlers sur-le-champ. Elle coiffa sa chapka en chèvre grise et sortit. C'était tout près, dans la cour voisine, mais elle mit du temps à revenir ; en revanche, elle était satisfaite.

« Bon, l'Araignée a promis de te le donner, cet argent ! déclara-t-elle.

— C'est vrai ? fit Tania, toute contente.

— Ce n'est pas si simple, dit Lidka, mettant sa sœur en garde. Il va te caramboler.

— Et si, après, il ne me donne pas l'argent ? demanda Tania, inquiète.

— Tu n'as qu'à te faire payer d'avance », suggéra Lidka, qui était une femme d'expérience.

Tania avait beau être petite, elle avait la tête sur les épaules, elle aussi.

« Ouais... Il peut très bien donner, et reprendre après.

— On n'a qu'à y aller ensemble, je prends l'argent, et je m'en vais avec », proposa Lidka.

Tania fut toute contente : cela paraissait plus sûr.

« Et toi, tu es déjà allée chez lui ? demanda Tania à sa sœur.

— Oh, il y a longtemps... fit Lidka en haussant les épaules. L'été où maman a eu Sachka. Après, quand elle est rentrée de la clinique, Niourka lui a dit que j'étais allée chez l'Araignée, et elle m'a flanqué une raclée. Je ne fais plus ce genre de choses, maintenant. Je vais me marier ! » ajouta-t-elle d'un air pénétré.

Tania hocha la tête, mais sans éprouver d'intérêt.

Elle était plongée dans ses propres pensées : il ne lui restait plus beaucoup de temps. Demain, c'était le 6, or Lidka partait à deux heures ; le soir, il faudrait aller chercher leurs frères, et elles ne pourraient pas s'absenter ensemble. Et Tania avait peur d'y aller toute seule, même si elle savait où c'était.

Elles y allèrent le 7, en début de soirée. Chourik l'Araignée vivait au premier étage de la baraque verte avec sa mère et sa grand-mère. C'était un gars jeune, mais infirme. L'une de ses jambes avait poussé de travers et était plus courte que l'autre. Il n'avait pas fait son service militaire et n'avait pas vraiment de travail. Il s'occupait d'un pigeonnier. Il passait tout son temps dans sa remise avec un grand pigeonnier en haut, c'était là qu'il dormait, même en hiver, couvert d'une pelisse et d'un vieux tapis. Il ne buvait pas et ne fumait pas. On racontait qu'il économisait pour s'acheter une voiture. Et on savait également qu'il débauchait les petites filles. Lui disait en riant de sa bouche édentée qu'aucune fillette des baraques ne l'avait plaqué. Les jeunes filles, elles, ne le fréquentaient pas.

Quand les sœurs Kolyvanova allèrent le trouver, il était très préoccupé, il installait dans une cage un oiseau à moitié mort.

« T'as vu, il m'a bousillé une jolie pigeonne ! Il l'a complètement écrabouillée, ce sale mâle ! » dit-il, se plaignant aux filles qui étaient entrées et s'étaient assises près de la porte sur une chaise branlante.

Il s'occupa de l'oiseau pendant dix minutes, badigeonnant de pommade son cou becqueté et soufflant sur sa tête rose. Puis il ferma la cage et se tourna vers elles

« Dis donc, Lidka, mais c'est une vraie perche, ta Tania ! fit-il remarquer. Je croyais qu'elle était toute petite !

— Elle a trois ans de moins que moi, mais de taille, elle est plus grande », dit Lidka, expliquant la situation.

De fait, bien que Lidka eût déjà seize ans, elle était toute petite, et cette année, Tania l'avait dépassée de beaucoup. Mais Lidka était volumineuse, bien en chair, comme disait leur grand-mère, alors que Tania était maigre comme une sauterelle.

« Alors comme ça, t'as besoin de trente-quatre roubles ? demanda-t-il à Tania.

— Trente-deux, ça suffirait, répondit Tania en se souvenant des deux roubles en petite monnaie.

— Il fait frisquet aujourd'hui ! » dit l'Araignée d'un air soudain préoccupé en remuant pensivement la main dans la poche de son pantalon. « Allez, vas-y, tu peux t'en aller ! dit-il à Lidka.

— Et l'argent ? demanda Lidka.

— Tu me le rendras quand ? demanda-t-il.

— Le 15, le jour de la paie, promit Lidka.

— Bon, d'accord. Tant que tu ne me l'auras pas rendu, faudra qu'elle vienne me voir. (Il rigola.) Histoire de payer les intérêts. »

Il sortit de sa poche toute une gerbe de petites coupures et compta trente-deux roubles en billets de deux et de trois. Lidka ne se gêna pas pour recompter.

« Allez, allez, va-t'en ! » lui dit l'Araignée.

Et elle se faufila sans bruit par la porte. Tania poussa un soupir de soulagement : ça y est, elle avait réussi à trouver l'argent.

Chourik remua encore la main au fond de sa poche.
« Bon, alors, tu veux la voir ?

— Non, dit Tania avec un sourire candide. Je voudrais faire le plus vite possible.

— Bon, d'accord, répondit l'Araignée sans s'offenser. Alors, va t'asseoir sur l'échelle, là-bas. (Il lui indiqua le deuxième barreau d'une échelle en bois grossièrement taillé menant au trou d'accès du pigeonnier.) Mais non, garde tes bottes, ne les enlève pas, tu vas avoir froid ! » dit-il en voyant qu'elle enlevait quelque chose sous son manteau, découvrant des mollets de coq tout nus....

Durant cette année scolaire-là, celle de la fusion des écoles de filles et de garçons, même les vieux balais refleurirent : deux enseignantes furent abandonnées en même temps par leurs maris, qui les quittèrent pour de jeunes garces, bien entendu ; Déniskine, le nouveau professeur de lettres, tomba amoureux de Tonia, une stagiaire, et se maria en catastrophe ; le professeur de dessin, une célibataire qui arborait un gros ventre depuis dix ans, prit soudain un congé de maternité ; même Anna Fominitchna flirtait pesamment avec un professeur de mathématiques devenu veuf, sous les regards narquois de toute l'équipe pédagogique. Dans les classes, les femmes de service balayaient d'innombrables petits mots, et une élève de première, d'une famille très convenable, avorta dans la maternité Kroupskaïa, justement. À la suite de quoi Anna Fominitchna fut convoquée au département de l'Instruction, où on lui passa un sacré savon. Et il y eut encore bien des intrigues amoureuses secrètes dont personne ne sut rien.

Pour le 8 mars, on préparait une grande fête à l'école, et ce jour-là, Tania sécha les cours.

Le matin, elle était partie de la maison comme d'habitude, en emportant le cabas de sa mère. Il n'était pas encore neuf heures et elle était déjà devant le magasin de fleurs qui ouvrait à onze heures. Elle avait bien fait de venir aussi tôt : au bout d'une heure, il y avait déjà une vingtaine de personnes derrière elle, et à l'ouverture, la queue allait presque jusqu'au magasin Élysseïev.

Elle se précipita aussitôt vers la caisse et, là aussi, elle fut la première. Les fleurs sur lesquelles elle avait jeté son dévolu s'appelaient des cyclamens, comme elle l'apprit alors, et il y en avait de trois sortes : des blancs, des roses et des pourpres. Ce fut ces derniers qu'elle choisit, non sans hésitation : les roses et les blancs lui plaisaient aussi.

La vendeuse qui avait conseillé des hortensias au monsieur de l'autre jour fit un beau paquet et l'aida à le glisser dans son cabas.

Il était onze heures passées, et elle prit deux trolleys pour se rendre chez Evguénia Alexeïevna. Elle monta au dernier étage, puis encore une demi-volée de marches jusqu'au grenier, et s'installa là. Elle savait qu'elle allait devoir attendre longtemps. L'inconvénient, c'était qu'Evguénia Alexeïevna habitait au sixième étage, or Tania était montée au-delà du neuvième et, au cliquetis indéfini de l'ascenseur, il était impossible de deviner où il s'arrêtait. Chaque fois que la porte claquait, elle descendait trois étages pour regarder à travers la cage d'escalier si ce n'était pas Evguénia Alexeïevna qui arrivait au sixième.

À l'heure du déjeuner, elle vit Régina revenir avec la dame qui la promenait. À plusieurs reprises des enfants et des vieilles personnes prirent l'ascenseur, mais ils allaient dans d'autres appartements. Elle avait faim, elle avait soif, elle avait envie de dormir ; ensuite, elle eut un peu mal à une dent, à droite, mais cela passa tout seul. Puis elle se demanda avec inquiétude si les fleurs ne fanaient pas dans la corbeille et écarta le papier sur le dessus, mais là-bas, sous le papier, les fleurs étaient fraîches et magnifiques, elles lui parurent juste très foncées et elle regretta de ne pas avoir acheté les blanches.

Puis, de nouveau, on emmena Régina se promener, et bientôt les fenêtres commencèrent à s'assombrir dans la cage de l'escalier. Une porte claqua encore au sixième : c'était le bonnet caucasien gris. Tania resta encore une quarantaine de minutes, ayant calculé qu'Evguénia Alexeïevna n'allait pas tarder. Elle ne restait jamais aux fêtes de l'école jusqu'à la fin, comme les autres professeurs.

« C'est le moment », décida-t-elle. Elle sortit du cabas la corbeille enveloppée dans son papier et, la serrant contre son ventre, la porta jusqu'à la porte et la posa au beau milieu du paillasson. Puis elle remonta dans son refuge. Cette fois, elle n'attendit plus très longtemps : Evguénia Alexeïevna arriva cinq minutes plus tard, Tania vit d'en haut son renard roux et son petit bonnet tricoté avec un ruban tressé. Elle entendit même le bruit assourdi de la sonnette, le cliquetis de la serrure et une voix d'homme, mécontente.

À présent, elle n'avait plus de temps à perdre. Elle fonça jusqu'au métro en courant. Dans le métro, il faisait très clair, et toutes les femmes avaient des branches de mimosa. Elle imagina la corbeille avec les somptueux cyclamens veloutés, leurs feuilles épaisses et brillantes et, pour la première fois de sa vie, elle éprouva l'orgueil de la richesse et le mépris de la pauvreté, de ces petites boules jaunes et molles à l'odeur désagréable. Et puis aussi le sentiment ineffable de participer à la merveilleuse harmonie de l'univers à laquelle elle avait rendu hommage : les cyclamens allaient à Evguénia Alexeïevna aussi bien que tous ses beaux vêtements, que les boules en granit à l'entrée de son immeuble, que le bel homme moustachu qui la retrouvait à présent dans le métro presque tous les jours.

Apparemment le général Loukine, lui, nourrissait à l'égard du jeune moustachu des sentiments complètement différents. En tout cas, lorsqu'il ouvrit la porte à sa femme, fou de rage et l'air mauvais, il avait bien l'intention de lui demander où elle avait traîné, alors qu'elle avait déclaré qu'elle serait retenue à la fête de l'école. Il était passé la prendre là-bas à quatre heures et demie car on lui avait apporté deux billets pour un magnifique concert au Bolchoï. Mais elle n'était plus là. Elle avait prétendu qu'elle était souffrante et était partie depuis longtemps. Où elle était allée, voilà justement ce que voulait savoir le général Loukine, dont le cœur jaloux sentait déjà depuis longtemps le souffle de la trahison.

Sa femme entra avec un sourire déconcerté et une corbeille de fleurs.

« Tu te rends compte, Sémione, il y avait une corbeille de fleurs devant la porte... »

Mais elle n'eut pas le temps de terminer sa phrase, car son époux, d'un ample geste tout à fait féminin, lui flanqua une gifle magistrale. Toute son existence passée de femme orgueilleuse ne l'avait nullement préparée à cela, elle vacilla sur ses jambes et tomba en se cognant le sourcil contre le coin de la console. La corbeille tomba, elle aussi.

Il se précipita pour la relever, mais elle repoussa sa main et s'éloigna en jetant sa veste en renard par terre et en lui lançant par-dessus l'épaule un seul et unique mot : « Penki ! »

C'était un mot qu'elle lui assenait parfois comme un coup de hache, et le nom de ce charmant petit village de la province de Viatka, dont il était originaire, le transformait instantanément en nullité, en bouseux, en plouc. Il ressentit une souffrance et une honte aussi fulgurantes que sa récente colère. Et fut submergé par le remords, ainsi que par la certitude inattendue de l'innocence de sa femme, une innocence pleine de fierté, pourrait-on même dire.

Elle claqua la porte de la salle de bains. Debout dans le couloir, la joue contre la porte, il répétait en pleurant presque : « Génia, ma petite Génia, pardonne-moi ! » Mais la petite Génia, pressant une serviette humide contre sa blessure sanglante, grimaçait de douleur et se répétait avec une joie vengeresse, comme les enfants : « Je le ferai, je continuerai à le faire et je le ferai toujours ! »

La corbeille de cyclamens gisait par terre dans l'entrée, et on ne pouvait pas vraiment dire qu'elle avait procuré une grande joie à Evguénia Alexeïevna...

La joie, c'était Tania qui l'éprouvait ; si elle courait

chez elle aussi vite, c'était parce que l'Araignée lui avait dit de venir tous les jours s'acquitter de sa dîme, et comme elle était une petite fille obéissante, elle ne songeait même pas à se soustraire à son devoir. Lorsqu'elle approcha de la remise, elle trouva la porte ouverte, mais l'Araignée n'était pas là.

À la maison, Lidka lui raconta en chuchotant que les gars du quartier avaient flanqué à l'Araignée, pour on ne sait trop quels immondes péchés, une telle raclée qu'on l'avait transporté à l'hôpital... Quant au pigeonnier, ils l'avaient saccagé, avec tous ses pigeons. Il s'écoula beaucoup de temps avant que l'Araignée réapparût dans la cour et, finalement, les sœurs Kolyvanova ne lui rendirent jamais son argent. Les choses s'étaient tassées...

Mais le bonheur, chose que Tania ignorait encore, est toujours suivi de chagrins. Evguénia Alexeïevna ne revint plus à l'école. Au début, elle prit un arrêt maladie pour cause d'accident, puis son mari fut nommé conseiller militaire à l'étranger, et elle s'envola pour un grand pays d'Orient où elle s'achetait de la soie, du jade et des émeraudes ; leur rang leur donnait droit à un cuisinier, deux domestiques, un jardinier et un chauffeur, tous des Chinois, bien entendu. Et jamais plus, de toute son existence, elle ne pensa à Tania Kolyvanova.

Mais la pauvre Tania, elle, la regretta longtemps. Puis son amour se cicatrisa, pour ainsi dire. Elle n'avait même pas remarqué le sacrifice de sa virginité, d'autant que personne n'en savait rien, à part Lidka et l'Araignée. Une fois, elle rêva d'Evguénia Alexeïevna, mais c'était un rêve désagréable : elle s'approchait d'elle pendant un cours et lui tapait violemment sur la tête de ses doigts osseux aux ongles faits. La fillette avait pris en grippe la nouvelle professeur d'allemand, mais l'allemand lui semblait une langue sublime, céleste.

Tania végéta deux années, en proie à une morne somnolence. Toutes les filles de sa classe avaient acquis des formes et des rondeurs, elle était la seule à toujours pousser vers le haut comme un arbre ; elle était devenue plus grande que tout le monde, que les garçons même. Puis elle s'étoffa inopinément d'une belle poitrine, ses cheveux gris se révélèrent cendrés, sans doute à force d'être lavés car, à l'usine, on avait attribué à sa mère un appartement de deux pièces avec salle de bains. Si bien qu'elle devint d'abord mignonne, puis carrément belle. Mais les garçons ne la regardaient pas, tout le monde était habitué à ce qu'elle ne présente aucun intérêt. En revanche, quand Anna Fominitchna invita à la soirée du premier mai des stagiaires de l'École supérieure du parti, et plus précisément ses Tchèques bien-aimés, et que ces derniers amenèrent toutes sortes de communistes suédois, parmi lesquels des Bulgares, des Italiens et un véritable Suédois, ce Suédois invita Tania à danser. Elle refusa car elle ne savait pas danser, mais le Suédois tomba quand même amoureux d'elle. Il la retrouvait après l'école, l'emmenait au cinéma et au café, bavardait avec elle en allemand et lui faisait des cadeaux. Elle allait le voir dans son foyer tous les trois jours, lorsque l'un de ses amis était de garde à l'entrée. Son nom de famille était Peterson ; il ne lui plaisait pas car il était plus petit qu'elle et chauve, en dépit de son jeune âge.

Mais il n'était pas pingre et fit beaucoup de choses pour elle, si bien qu'elle le fréquentait par reconnaissance.

Puis il s'en alla, et elle n'en éprouva aucun chagrin. Elle termina ses études secondaires, pas très brillamment, avec tout juste la moyenne. Sa mère voulait qu'elle entre à l'usine — il y avait de la place dans les bureaux —, mais elle eut envie de poursuivre ses études et s'inscrivit dans une école pédagogique. L'institut lui avait fait peur.

Peterson lui écrivait et, au bout d'un an, il revint pour se marier. Mais cela ne put se faire tout de suite, il y eut des complications avec les papiers. Il revint encore une fois et finit quand même par l'épouser. Tania Kolyvanova partit très vite pour la Suède. Là, la première chose qu'elle fit fut de s'acheter des bottines à semelles de crêpe blanches, une pelisse en renard et des pulls moelleux. Elle n'était pas amoureuse de Peterson mais elle l'aimait bien. Lui, il disait toujours que sa femme avait une mystérieuse âme russe. Quant à ses anciennes camarades de classe, elles disaient que Tania avait de la chance.

LA BÊTE

En un an Nina avait perdu sa mère et son mari, elle n'avait plus personne pour qui faire la cuisine, plus personne pour qui vivre. À présent, comme Ève en exil, elle regardait du côté de son passé et, là-bas, dans ce passé, tout lui paraissait magnifique, toutes les offenses et les humiliations s'estompaient au point de s'effacer complètement. Elle s'arrangeait même pour oublier le champ de bataille sur lequel elle s'était trouvée durant les onze années de son mariage, sous le feu de la haine mutuelle des deux êtres qui lui étaient chers.

Maintenant, avec le temps, tout cela lui laissait plutôt le souvenir d'un drame entre des personnalités complexes, et non de dégradantes prises de bec quotidiennes, d'échanges de piques malséantes, d'un agacement atteignant le point d'ébullition, et de ces violentes scènes qui se produisaient chaque fois qu'elle parvenait à les réunir autour d'une nappe blanche, dans l'espoir insensé de concilier l'inconciliable. Jamais, non, jamais Nina n'avait vécu au paradis, sinon dans sa prime jeunesse, quand elle était encore élève au conservatoire, qu'elle ne connaissait pas Sérioja, et que son premier malheur ne lui était pas encore arrivé. Mais maintenant, ils étaient tous morts ; c'était comme si la boucle de sa vie s'était refermée sur elle-même, et le passé, éclairé par la lumière cinématographique du bonheur, avait voracement englouti tant le présent dépeuplé que l'avenir privé du moindre sens.

Désormais, toutes ses pensées et tous ses sentiments la rattachaient exclusivement aux défunts qui la regardaient du haut de tous les murs. Sa mère avec une harpe, sa mère en chapeau, sa mère avec un singe dans les bras. Sérioja petit garçon avec un cheval en bois, Sérioja écolier avec un toupet transparent, Sérioja yachtman avec des épaules de pierre, l'avant-dernier, avec des bajoues, dans la force de l'âge, dangereux, et puis le dernier : un visage maigre, des tempes creuses et, dans les yeux, quelque chose comme un doute ou un soupçon. Ou bien une pensée parvenue à maturité mais jamais formulée. Et aussi grand-mère Mzia, morte avant la naissance de Nina, avec son visage antique et austère, coiffée d'un chapeau rond de demoiselle sous une voilette sombre, interprète célèbre de chansons aujourd'hui oubliées...

Presque deux ans s'étaient écoulés depuis la mort de sa mère, et onze mois depuis celle de Sérioja, mais les choses ne s'arrangeaient pas du tout, cela ne faisait qu'empirer. Elle était tourmentée par des rêves. Non des cauchemars, mais des images grisâtres sur fond brun, indolentes et fanées, si désagrégées que c'était tout juste si on pouvait appeler cela des rêves. Dans ces rêves falots, Nina se disait : « Réveille-toi, réveille-toi ! » Mais le réseau blafard des ombres ne la lâchait pas et, quand elle s'en dépêtrait enfin, elle en rapportait au grand jour une tristesse indescriptible, mauvaise comme une rage de dents.

Elle avait laissé mijoter ces tourments nocturnes en son for intérieur comme une marmite sous pression et, à bout de nerfs, avait fini par se plaindre à ses amies. Elle en avait deux. La plus âgée, Susanna Borissovna, était une dame supérieurement instruite et douée pour l'occultisme, qui faisait même partie d'une société d'anthroposophie ; la plus jeune, Tomotchka, était une femme simplette, craintive et si pieuse que, depuis des années que durait leur amitié, Nina s'était même prise d'aversion pour ce dieu qui exigeait tant d'elle et ne lui donnait strictement rien en retour. Même le peu que Tomotchka avait reçu à sa naissance, un physique agréable, un peu pâlot, même cela lui avait été enlevé : sa mère l'avait ébouillantée quand elle était petite et sa joue droite était restée très abîmée.

Les deux amies aidaient beaucoup Nina dans ses moments difficiles, mais elles ne s'aimaient guère, elles étaient jalouses l'une de l'autre. Quand elle parlait de Susanna, l'humble et douce Tomotchka débordait d'une hargne d'anémique, elle n'avait pas assez de tempérament pour des émotions plus vives. Elle devenait toute rose et disait d'une voix sifflante : « Un jour, elle se montrera telle qu'elle est et tu te souviendras de mes paroles, je les sens dans mes tripes, ses combines démoniaques ! »

Susanna Borissovna considérait Tomotchka avec des airs condescendants, se contentant d'évoquer de temps à autre, mine de rien, son ignorance, ses égarements délirants de païenne et sa mentalité primitive.

Soit dit en passant, le défunt mari de Nina ne pouvait les souffrir ni l'une ni l'autre : il trouvait Tomotchka demeurée ; quant à Susanna, il ne l'évoquait jamais qu'en l'appelant « madame Gritsatsouïeva[1] ».

Lorsqu'elle avait appris les tourments nocturnes de Nina, la primitive Toma avait déclaré qu'elle prierait pour elle avec ferveur, mais qu'il fallait absolument qu'elle, Nina, communie, parce que toutes ces épreuves lui étaient envoyées uniquement afin qu'elle se tourne vers Dieu.

Susanna Borissovna, qui était en quelque sorte médecin (elle avait un cabinet de cosmétologue), prescrivit à Nina un tranquillisant et un somnifère ; quant à ses rêves pénibles, elle les expliqua par le fait que le corps astral de ses chers défunts ne s'était pas entièrement désintégré et par les conditions défavorables de leur périple outre-tombe ; elle recommanda à Nina de s'engager sur la voie du perfectionnement de soi-même, et lui laissa à cet effet un livre épouvantablement rasoir sur la hiérarchie des esprits et sa répercussion sur le plan spirituel.

Était-ce dû aux médicaments ou aux prières de Tomotchka, toujours est-il que, les premiers temps, elle avait mieux dormi, les ombres d'un brun grisâtre avaient cessé de danser devant ses yeux, mais, chose bizarre, elle sentait en rêve une odeur infecte. Elle était réveillée par une puanteur insupportable dont la force surnaturelle inspirait l'épouvante, puis elle se rendormait. Elle commença à avoir l'impression qu'il

1. Personnage des *Douze chaises*, roman humoristique d'Ilf et Pétrov extrêmement populaire sur la vie en Russie dans les années vingt.

y avait quelqu'un chez elle : une ombre, un fantôme, un esprit maléfique... Et cette odeur qui ne ressemblait à rien. Probablement quelque chose comme ces substances chimiques qui rendent les gens fous.

Au bout de quelques jours, ce fut comme si la puanteur du rêve se matérialisait : un soir, en revenant du travail, elle sentit une violente odeur de pipi de chat, une odeur abominable, mais qui ne sortait pas des limites bienséantes de la réalité. Grâce à son long nez sensible, elle trouva rapidement l'épicentre de cette puanteur : cela venait des pantoufles de Sérioja, qui étaient restées tout ce temps près de la porte, au pied du portemanteau. Elle lava soigneusement les pantoufles avec de la lessive, mais il restait sans doute quelques molécules particulièrement tenaces, si bien qu'elle dut aussi vaporiser du désodorisant dans tout l'appartement. Mais l'odeur de pipi de chat filtrait quand même à travers la lavande et le jasmin. Elle téléphona à Susanna Borissovna pour se plaindre. Celle-ci garda le silence un long moment, puis déclara de but en blanc :

« Vous savez, ma petite Nina, il faut absolument que vous arrêtiez de fumer.

— Mais pourquoi ? s'étonna Nina.

— Vous êtes en butte à une attaque de forces occultes, Nina, et le tabac émousse le sens psychique, cxpliqua Susanna Borissovna. Il y a quelque chose de négatif dans votre appartement... »

Négatif, ça, c'était le moins que l'on pût dire de cet appartement ! C'était un endroit maudit, trois fois maudit ; dès le début, elle s'y était sentie mal à l'aise. Tout de suite après la mort de sa mère, Sérioja s'était mis en tête d'échanger leur petit appartement si confortable de la rue Bégovaïa ainsi que le studio de sa mère, contre ce palace, et Nina n'avait pu l'en dissuader. Il ne voulait entendre parler ni des inconvénients du dernier étage, ni des fuites au plafond. Cette année-là, ses affaires marchaient tellement bien qu'il se moquait pas mal des trous du plafond, il était même prêt à rebâtir le toit au-dessus de sa tête. Il était comme ça, Sérioja.

En six mois il avait tout fait exactement à son idée : il avait abattu des murs et rehaussé le plancher de trente centimètres dans une moitié de l'appartement, transformant la petite cuisine et l'une des chambres en salle à manger, si bien que leur logement consistait en une seule pièce avec des fenêtres des deux côtés, pleine de courants d'air, glaciale et dont l'unique porte intérieure donnait sur une vaste salle d'eau avec toilettes, le seul endroit que Nina aimait dans tout l'appartement. Elle y avait à présent installé une petite table et, le matin, elle prenait son café assise sur un tabouret, entre la baignoire et la cuvette des cabinets.

C'était cet appartement maudit qui avait miné les forces de Sérioja et l'avait poussé dans la tombe. Nina détestait particulièrement la cheminée. Du point de vue technique, elle était ratée : le conduit avait été percé non par un fumiste mais par un docteur en chimie, et la fumée remplissait immédiatement tout l'appartement puis flottait encore longtemps en flocons âcres. Sérioja n'avait pas eu le temps de la refaire car, vers la fin des travaux, avaient commencé les analyses, les diagnostics, les consultations et les hôpitaux...

Il avait souffert à peine six mois d'un cancer foudroyant et était mort en laissant les médecins en proie à une perplexité médicale : il avait été dévoré par des métastases dont on n'avait jamais réussi à trouver l'origine. Mais pour Nina, cela n'avait plus d'importance. Elle était restée complètement seule, or elle était physiologiquement incapable de supporter la solitude, cela la mettait dans le même état qu'une mouche affolée à qui on a arraché les ailes : elle s'agitait, tournait en rond, et le monde se dérobait sous ses pieds, ou bien basculait sur le côté. Et maintenant, cette hallucination...

L'assaut des forces occultes prédit par Susanna Borissovna se manifesta l'un des jours suivants sous la forme la plus bassement matérielle qui fût. En revenant du travail, Nina découvrit au beau milieu du divan, sur le couvre-lit beige en tricot, un tas répugnant, de nature on ne peut plus concrète. La puanteur qui régnait dans l'appartement était si épouvantable qu'il lui semblait que même l'air de la maison avait pris cette tonalité brun grisâtre d'une tristesse inhumaine qu'elle connaissait par ses rêves. Nina mit sa tête dans ses mains, dénoua ses tristes cheveux caucasiens et se mit à pleurer. Elle ne pleura pas longtemps car son amie Tomotchka débarqua. Tomotchka poussa des hauts cris, s'affaira, nettoya la crotte et en expliqua l'origine :

« Ne laisse pas les vasistas ouverts, c'est un chat de gouttière qui a pris l'habitude d'entrer chez toi en passant par les toits.

— Un chat, quel chat ? protesta Nina.

— Quel chat, quel chat... Un gros matou ! C'est un très gros chat qui a fait ces saletés », expliqua Tomotchka avec assurance.

Elle savait de quoi elle parlait, elle avait toujours été une femme à chats.

Nina lava le couvre-lit et nettoya le plancher ; l'air devint plus respirable, mais l'odeur n'avait pas complètement disparu, et elles allèrent passer la nuit chez Tomotchka. Avant de partir, elles fermèrent soigneusement les vasistas.

Le lendemain, quand Nina rentra chez elle après son travail, il y avait une crotte au même endroit, en plein sur la couverture. Les vasistas étaient toujours fermés.

Ça, c'était vraiment surnaturel ! Susanna Borissovna avait raison. Aucun chat ne pouvait entrer par un vasistas fermé.

Elle recommença à laver et à nettoyer, renversa un flacon de désodorisant et, secouée d'un tremblement nerveux, s'allongea sur son lit souillé. Elle s'était faite à l'odeur ; maintenant, ce qui l'empêchait de dormir, c'étaient des bruits confus d'origine indéterminée...

« C'est exactement comme ça qu'on devient fou », se dit-elle.

Le matin, en partant travailler, elle ferma soigneusement les vasistas et la porte-fenêtre du balcon.

Mais elle ne put se résoudre à rentrer chez elle toute seule et passa prendre Tomotchka ; elles arrivèrent ensemble peu après huit heures. Nina ouvrit la serrure compliquée de la double porte et entra, Tomotchka sur ses talons. Il les attendait, comme s'il avait décidé qu'il était temps de se présenter. Il trônait sur le fauteuil, énorme, sûr de lui, son museau mafflu tourné vers la porte. Nina ravala un cri. Tomotchka, elle, parut même admirative :

« Ça alors ! Quel matou !

— Qu'est-ce qu'on va faire ? demanda Nina en chuchotant.

— Comment ça, qu'est-ce qu'on va faire ? On va lui donner à manger, bien sûr !

— Tu es folle ! Il ne partira jamais d'ici ! Regarde, il a encore fait des saletés. »

Il y avait une nouvelle crotte au beau milieu de l'entrée.

Décidément, c'était un phénomène ! Et il avait le compas dans l'œil. Il faisait toujours exactement en plein milieu.

« Il faut d'abord lui donner à manger, ensuite, on verra ! » décréta Tomotchka.

Il n'avait pas un poil luxuriant, au contraire, son pelage ras était parfaitement lisse, comme de l'asphalte. Assis sans bouger, la tête légèrement inclinée, il les considérait d'un regard fixe d'animal et, à en juger par son attitude, ne se sentait pas coupable.

« Quel toupet ! » s'indigna Nina, mais elle sortit du réfrigérateur une casserole avec les restes de la soupe qu'elle continuait à préparer, emportée par des années d'habitude, y jeta deux boulettes de viande et la flanqua sur la cuisinière. Puis Tomotchka posa la gamelle avec la soupe réchauffée près de la porte, sur le paillasson, et l'appela : « Minou, minou... » Le langage humain lui était familier. Il sauta pesamment du fauteuil et se dirigea vers la gamelle à pas lents. Il était impressionnant. S'il avait été un être humain, on aurait pu dire qu'il marchait comme un vieil haltérophile ou comme un lutteur ployant sous le poids de ses muscles, de sa fatigue et de sa gloire de sportif. Il s'arrêta devant la gamelle, la flaira, s'assit et, une oreille plaquée sur la tête (la seconde pendait, inerte et déchiquetée), se mit à dévorer à toute allure. Tomotchka l'encourageait d'une voix suppliante :

« Mange, mon chaton ! Tu manges et puis tu t'en vas. Tu n'as rien à faire ici. Alors, tu manges et tu t'en vas, s'il te plaît. »

Il leva les yeux, déployant son large poitrail, et considéra Tomotchka d'un regard extrêmement conscient, puis plongea de nouveau le nez dans la gamelle. Une fois qu'il eut tout mangé, il lécha soigneusement le plat. Tomotchka ouvrit alors la porte d'entrée devant lui et dit d'une voix ferme :

« Maintenant, tu t'en vas ! »

Il avait parfaitement compris ; il fit un pas vers la porte pour donner le change, mais opéra une brusque volte-face près du portemanteau et, après avoir décrit un demi-cercle à travers l'appartement à la vitesse de l'éclair, se faufila sous la bibliothèque.

« Il ne veut pas s'en aller ! dit Nina d'un air désolé. On a eu tort de lui donner à manger. »

« Minou, minou... », susurrait Tomotchka avec véhémence, mais le chat ne réagissait pas.

Nina alla chercher un balai dans la salle de bains, et le fourra méchamment sous la bibliothèque. Le chat sortit comme une flèche, courut en tous sens dans l'appartement, puis disparut sous un canapé dont le dossier était appuyé contre le soubassement sur lequel se trouvait la cuisine surélevée. Nina passa le balai sous le canapé. Puis elle l'écarta de la paroi. Le chat n'était pas là. Il avait disparu. Les amies échangèrent un regard. Pour le coup, c'était vraiment surnaturel !

Elles restèrent un instant silencieuses, à se remettre de l'événement. Puis Tomotchka se pencha et tâta la paroi d'une main hésitante. Elle appuya légèrement. Une planche céda. Il y avait un orifice donnant accès à la cavité qui se trouvait sous le plancher de la cuisine.

« Eh bien, voilà où il habite, ton chat ! s'exclama, ravie, la candide Tomotchka. Et toi qui parlais de forces surnaturelles...

— Quelle horreur ! Maintenant, on ne pourra jamais le faire sortir de là...

— Il faut tout de suite clouer cette planche ! dit résolument cette sotte de Tomotchka en se relevant d'un bond.

— Tu es folle ! répondit Nina qui gardait la tête froide. Et s'il crève là-dedans ? Tu imagines ? Un chat crevé dans la maison... »

Ah, si Sérioja était vivant, rien de tout cela ne serait arrivé... Toutes ces bêtises...

« Il faut acheter de la valériane, voilà ce qu'il faut faire ! s'exclama Tomotchka. On va le faire sortir de là en l'attirant avec de la valériane, et ensuite, on clouera la planche ! Seulement, il va nous falloir pas mal de valériane. »

Elles achetèrent beaucoup de valériane, en remplirent une soucoupe entière et se cachèrent. De fait, Tomotchka était une vraie connaisseuse de l'âme féline : au bout de cinq minutes, il sortit de derrière la paroi, fila comme un dard vers la soucoupe et la lapa d'un seul trait. Puis il s'éloigna de la soucoupe en direction de son trou, titubant comme un matelot sur le pont d'un navire. Il piétina un instant, ayant visiblement perdu le sens de l'orientation, opéra un virage disgracieux et se dirigea vers le divan sur lequel les amies s'étaient cachées. Nina retrouva un semblant d'humour.

« Il va nous demander si on n'a pas une cigarette... »

Tomotchka s'esclaffa puis donna ses directives :

« C'est bon. On le prend et on le met dehors. Et on condamne immédiatement ce trou. »

Elle recommença à susurrer ses « minou, minou ! » et tendit la main vers le chat, mais il fit un bond de côté. Nina l'attrapa, il se débattit et retomba lourdement sur le sol. Il avait beau être ivre, il ne se laissait pas prendre. Manifestement, il essayait de regagner son trou. Tel Alexandre Matrossov[1], Nina se précipita vers l'ouverture et appuya ses doigts bleuâtres sur la planche déboîtée.

« Toma, va chercher un carton dans la salle de bains ! » cria-t-elle.

Mais le chat parut comprendre leur intention et décida de battre en retraite vers le balcon. Il était de plus en plus ivre.

« La porte-fenêtre ! Ferme la porte-fenêtre du balcon ! Il va tomber ! »

Tomotchka devança le chat et lui ferma la porte au nez, puis, non sans mal, elles l'introduisirent dans la boîte en carton du presse-fruits. Il braillait des insultes d'une voix grave, peut-être même des obscénités... Elles transportèrent le carton dans la cour, le dépo-

1. Héros très populaire de la Seconde Guerre mondiale, célèbre pour avoir recouvert de son corps l'entrée d'un blockhaus allemand.

sèrent près de la benne à ordures et enlevèrent le couvercle. Il continuait à les agonir d'injures mais ne sortait pas. Elles se dépêchèrent de rentrer pour condamner le trou. Et elles organisèrent une petite fête, arrosant leur triomphe sur l'ennemi avec un excellent vin géorgien. Mais elles chantaient victoire un peu tôt, comme l'avenir allait le montrer.

La force singulière de ce chat-visiteur tenait à l'aisance avec laquelle, de sale bête sans vergogne se permettant ce que pas un seul chat, même faible d'esprit, ne se permet dans une maison, il se métamorphosait en fantôme désincarné, ainsi qu'à la façon désinvolte qu'il avait de circuler entre les rêves de Nina et sa vie réelle, laissant ici et là une puanteur, de la peur et une substance féline d'une nature singulière qui semblait émaner de sa personne et se répandre partout, se déposant sur les vêtements et pénétrant à l'intérieur de Nina à travers l'air, à travers la surface de son corps, si profondément qu'elle se ruinait en flacons de shampooing et en savon pour laver cette infection qui imprégnait tout. S'il n'était plus revenu, en revanche elle rêvait à présent de lui presque toutes les nuits ; il changeait habilement de forme mais elle avait appris à le reconnaître dans le nuage obscur qui rampait dans un coin, dans un paysage qui avait indubitablement quelque chose à voir avec lui, et même en la personne d'un monsieur qu'elle repérait parmi la foule, comme on repérait jadis les agents secrets.

Susanna Borissovna, informée de toutes ces péripéties, s'apprêtait à partir en Allemagne pour un colloque ou un symposium et avait promis à Nina qu'elle ne manquerait pas d'étudier la situation avec le spécialiste le plus compétent de toute l'Europe.

Une nuit, le chat réapparut en chair et en os. La façon dont il s'était introduit dans l'appartement resta un mystère. L'orifice était bouché, le balcon et les vasistas fermés et la cheminée au-delà de tout soupçon puisque le conduit rectiligne donnait directement sur le toit et que pas un seul chat, à moins d'être un insecte, n'aurait pu franchir les trois mètres et quelques du tuyau absolument vertical. D'autant qu'il y avait un écran fixé devant la bouche de la cheminée. Pour découvrir le passage secret qu'il utilisait, il aurait sans doute fallu démolir entièrement cette vieille maison. Le chat avait grimpé sur une étagère fixée au mur, l'avait fait basculer et avait flanqué par terre toutes les pièces de céramique noire extrêmement fine, une merveille de l'artisanat géorgien, que Nina avait rassemblées du temps où elle était étudiante. Tout en se remettant de la fin du monde qu'elle venait de vivre en rêve sur fond d'éboulement retentissant aux sonorités mates et noires, Nina alluma la lumière et vit le plancher jonché de tessons, tandis que le chat, qui n'avait pas encore eu le temps de s'évaporer par un procédé connu de lui seul, était tapi dans un coin et montrait les dents comme un chien enchaîné. C'était un prolongement si bénin de son cauchemar qu'elle ne comprit pas tout de suite si elle se trouvait dans un nouveau rêve ou dans sa propre maison...

Elle ramassa les tessons en se lamentant d'une voix faible, sans tourner la tête :

« Quel sale petit monstre... Non, mais d'où ça sort,

des voyous pareils ? Pourquoi est-ce que tu viens chez moi ? Qu'est-ce que tu veux, hein ? Dis-le... »

Puis elle sortit du réfrigérateur une moitié de poulet qu'elle posa sur le palier.

« Allez, mange, et que je ne te revoie plus ! »

On ne pouvait pas dire qu'il réclamait à manger, mais il ne refusait pas non plus. Il suivit nonchalamment le poulet. Nina ferma la porte derrière lui. Elle comprenait parfaitement qu'elle ne s'en débarrasserait pas aussi facilement.

Il réapparut quatre jours plus tard. Il était assis dans le fauteuil comme si de rien n'était, comme si c'était sa place, et, au beau milieu du couvre-lit beige, qui avait été nettoyé et aéré sur le balcon, se trouvait le gage probant de sa souveraineté à lui, chat, sur cet appartement et sur Nina elle-même.

Entre-temps, Susanna Borissovna était revenue d'Allemagne et elle invita Nina chez elle. Cette fois, elle était étrangement calme, débonnaire, il régnait chez elle une odeur d'aromates et d'opulence, il y avait des cierges allumés. Pour le dîner, elle servit trois fois rien, Nina n'aurait pas osé convier quelqu'un à un repas pareil. Elle-même, en revanche, avait tout d'une veuve royale avec sa robe mauve aux allures de soutane, une écharpe violette enroulée autour de la tête à la façon d'un turban et un maquillage si lugubre et si laid qu'on ne pouvait vraiment pas la soupçonner de jouer les coquettes. Elles mangèrent une salade de chou rouge bleuâtre, puis burent une tisane d'églantine rouge bordeaux, tout dans la même gamme, et Susanna Borissovna expliqua à Nina une chose qui ne serait jamais venue à l'esprit de quelqu'un d'autre. Elle souligna que ce n'était pas seulement son avis personnel, mais aussi la vision particulière de son maître. Alors voilà : l'homme se trouvait confronté à des problèmes spécifiques qu'il était tenu de résoudre, et les forces supérieures, anges et autres entités, de même que les maîtres d'ici-bas, l'aidaient à résoudre ces problèmes. Mais si l'homme se rebiffait, alors ces problèmes se transformaient en quelque chose de cauchemardesque, comme des maladies ou, par exemple, un chat. Si bien que le chat de Nina était la manifestation, sur le plan physique, d'un malaise spirituel. Il était même possible que cela ne vienne pas de Nina elle-même, mais, au contraire, de ses proches déjà disparus...

« C'est très sérieux, Nina, cela demande un grand travail, je suis prête à vous aider moi-même dans la mesure de mes possibilités et à vous présenter à des gens très avancés », conclut Susanna Borissovna.

Cette conversation, ainsi que toute cette mauvitude avaient mis Nina encore plus mal à l'aise ; elle se demanda même si elle ne devrait pas aller à l'église avec Tomotchka ; au fond, elle était tout de même une orthodoxe, baptisée toute petite dans la vieille église Sainte-Nina, à Tbilissi ; elle avait même un parrain et une marraine...

Elle passa de nouveau une nuit blanche, et les cachets ne furent d'aucune aide.

Le lendemain, Mirkas, le patron de Nina et un ami du défunt Sérioja, lui demanda de passer dans son bureau après le déjeuner. Il l'avait embauchée après la mort de Sérioja et lui versait un bon salaire, même si, lorsqu'il l'avait engagée, il ignorait à quel point elle était scrupuleuse et consciencieuse dans n'importe quel travail. Comme secrétaire, c'était une vraie perle.

Il l'avait convoquée, et elle se demandait avec inquiétude si elle n'avait pas commis une erreur. La semaine précédente, ils avaient passé un contrat très compliqué et elle avait très bien pu faire une bêtise. Mais lorsqu'elle entra dans son bureau, il la prit aussitôt de court :

« Dis-moi, Nina, tu n'es pas malade ? Tu as une de ces têtes... »

Autrefois, ils se tutoyaient, mais à présent, dans leurs conversations, Nina essayait de bâtir des phrases grammaticalement neutres, afin ne pas mettre l'accent sur leurs nouvelles relations de travail. Ils se connaissaient depuis trop longtemps pour revenir au vous.

« Oh, ce n'est rien ! J'ai des insomnies. »

Il la jaugea d'un œil averti : elle n'était pas son genre, mais elle avait de la classe, c'était incontestable. Maigre, des cheveux précocement gris qu'elle ne cachait pas, toujours en noir... Bien sûr, le menton était trop long, les joues creuses, et puis, ces cernes sous les yeux.... Mais elle avait vraiment quelque chose...

« Prends un amant ! conseilla-t-il d'un air maussade.

— C'est une directive officielle ou une recommandation amicale ? »

Elle avait baissé les yeux mais relevé le menton.

L'idiote ! Et fière avec ça !

« L'insomnie, c'est aussi une maladie. Tu as peut-être besoin de repos ? En Tunisie, aux Canaries, je ne sais pas moi, là où les femmes vont en vacances. C'est la maison qui paye... Prends une semaine, dix jours.

Tu es affreuse à voir ! » ajouta-t-il d'un air agacé ou dégoûté, et Nina leva le menton encore plus haut.

Puis il fit une grimace, fronça les sourcils et reprit d'une voix normale et gentille :

« Qu'est-ce qui t'arrive ? Tu as des problèmes ? »

Du coup, les yeux de la fière Nina se remplirent de larmes.

« Oh, Tolia, tu ne me croiras jamais... C'est un chat qui me met dans cet état-là... »

Elle raconta toute l'histoire en phrases décousues et embrouillées. Au fur et à mesure qu'il l'écoutait, sa compassion se volatilisait à vue d'œil et, à la fin du récit, il trancha de sa voix habituelle de patron :

« Bon. Voilà ce qu'on va faire. Dès qu'il apparaîtra, appelle-moi immédiatement sur mon bip. Je lui réglerai son compte. »

Il y avait des bruits qui couraient sur Mirkas, on disait que les règlements de compte, justement, c'était son rayon.

Peut-être ces bruits étaient-ils parvenus jusqu'au chat, car il ne se montra pas pendant plusieurs jours, bien qu'il n'en négligeât pas pour autant l'appartement de Nina. Un jour, elle n'avait pas fermé la porte de l'armoire en partant travailler, et la sale bête profita bien entendu de sa négligence pour faire des cochonneries dedans. La pauvre Nina dut trimbaler à la teinturerie toute sa garde-robe assez considérable, mais, même après cela, elle avait tout le temps l'impression de sentir une odeur de pipi de chat, c'était épouvantable.

Enfin, un beau jour, le chat l'accueillit dans le fauteuil comme si de rien n'était. Elle téléphona aussitôt à Mirkas. Il arriva exactement vingt minutes plus tard ;

pendant tout ce temps, Nina, profondément accablée, était restée assise sur le tabouret de la salle de bains.

Sans un mot, Mirkas se dirigea vers le fauteuil. Mais les deux gaillards étaient des adversaires d'égale envergure : au moment où Mirkas l'attrapa par la peau du cou, le chat lui planta ses griffes dans la main. Il y eut un rugissement émanant de profondeurs viscérales, et il était absolument impossible de savoir qui l'avait poussé.

« Mon Dieu ! s'écria Nina en voyant la main striée de griffures.

— Le balcon ! » beugla Mirkas, et Nina courut devant lui pour ouvrir la porte-fenêtre.

« À quoi bon ? eut-elle le temps de se dire, sans avoir encore compris ses intentions. De toute façon, il reviendra. »

De sa main ensanglantée, Mirkas tenait le chat par la peau du cou, tandis que celui-ci le lacérait des quatre pattes. Nina s'adossa à la porte, terrifiée, elle ne supportait pas la vue du sang. Tout en grommelant d'épouvantables jurons, Mirkas leva le bras et balança le chat par-dessus la balustrade du balcon. Nina saisit distinctement l'instant où l'animal, juste après avoir été lancé, s'envola dans les airs, les pattes de devant écartées et la tête baissée, puis parut se figer dans la posture d'un cosmonaute au milieu du vide sidéral, avant de disparaître de sa vue. Il y eut aussitôt un bruit en bas, comme si on venait de vider une cuvette d'eau. Dans l'obscurité de la cour, on ne voyait rien.

Tandis que Nina, en état de choc, lavait les plaies déchiquetées de Mirkas, celui-ci se contentait de secouer la tête.

« Quelle sale bête ! Les chats comme ça, faut les abattre... »

À voir sa tête, on aurait dit qu'il venait d'assassiner une vieille dame à coups de hache.

Nina dormit toute la nuit d'un sommeil de plomb. Et, pour la première fois depuis longtemps, elle se réveilla reposée. Mais, au moment de sortir de chez elle, elle fut soudain saisie d'horreur : et si le chat mort gisait sous son balcon, comment allait-elle faire pour passer à côté ? Même si, c'est bien connu, les chats savent garder leur équilibre en tombant, se servent de leur queue comme d'une hélice et atterrissent sur leurs quatre pattes...

Mais il n'y avait pas de chat mort près de l'immeuble, il n'y avait même personne du tout. Nina sortit de son passage Tchisty et partit en direction de la place Zoubovskaïa.

Le chat avait disparu, pour un temps ou pour toujours. Mais l'état de Nina ne faisait qu'empirer. Finalement, Mirkas l'avait sans doute tué ; or, quoique le chat fût bien sûr une sale bête, elle n'avait tout de même pas souhaité sa mort. Elle voulait seulement qu'il disparaisse. Maintenant, après tout ce cauchemar, on aurait pu croire que les choses iraient mieux, mais, en revenant du travail, c'était tout juste si elle n'espérait pas trouver ce satané matou assis dans son fauteuil...

Entre-temps, l'anniversaire de la mort de Sérioja approchait. Il fallait recevoir une trentaine de personnes, et pas n'importe comment, en mettant les petits plats dans les grands. Mirkas avait pensé à l'anniversaire, lui aussi. Toute la semaine, il avait été d'une humeur massacrante, sa main s'était infectée et on lui faisait des piqûres d'antibiotiques ; et pourtant, en passant près du bureau de Nina, il avait posé une enveloppe devant elle :

« Tu nous invites au restaurant ou tu fais ça chez toi ? »

Nina avait été terriblement blessée dans sa fierté. Du vivant de Sérioja, on ne l'aurait pas humiliée comme ça... Mais elle avait surmonté cet accès d'orgueil absurde et avait écarté de son visage ses incomparables cheveux.

« Merci, Tolia. »

Elle avait acheté encore un cochon de lait, de l'anguille et une livre de caviar.

Tôt dans la matinée, Tomotchka se rendit à l'église, elle avait commandé un service funèbre. Nina n'y alla pas ; de son vivant, Sérioja ne supportait pas tout ça. Elle se rendit au cimetière. Elle apporta des fleurs. Il y avait déjà une pierre tombale, elle s'était occupée de tout au début du printemps : une grande dalle gris-noir en pierre brute, toute simple.

Le soir, tout se déroula on ne peut mieux : une table superbe et opulente, comme Sérioja les aimait. Tous ceux que Nina avait envie de voir étaient venus : les amis de Sérioja, son cousin germain avec sa famille, sa sœur célibataire, qui avait une dent contre Nina ; Mirkas avait amené sa vieille femme Vika, peu gâtée par la vie, et non une de ces petites nouvelles qui s'étaient multipliées autour de lui ces derniers temps, et Nina en fut contente. Il y avait même Mikhaïl Abramovitch, l'avocat qui avait défendu Sérioja autrefois, quand il avait eu de gros ennuis. Depuis, cet avocat était devenu très célèbre, il parlait sans arrêt à la télévision, mais il n'avait pas oublié l'anniversaire de la mort de

Sérioja... Tous dirent sur Sérioja des choses gentilles et même en partie vraies : ils évoquèrent sa force de caractère, son audace et son courage, son talent. Il est vrai que sa sœur Valentina trouva moyen de glisser que Nina ne lui avait pas donné d'enfants. Mais Nina ne broncha pas, c'était une page de sa vie sur laquelle elle avait fini de pleurer depuis longtemps. Elle avait pardonné à Sérioja de l'avoir forcée, alors qu'elle n'était qu'une petite sotte éperdument amoureuse, à... Cela lui avait coûté cher. Sa mère, elle, n'avait jamais pardonné. Mais à quoi bon songer à cela maintenant, à trente-neuf ans...

Les invités s'en allèrent tard, emportant dans leur estomac les mets prodigieux dont les avait régalés Nina et laissant derrière eux une table qui conservait encore un peu de sa splendeur, ainsi qu'une odeur de cigarettes coûteuses. Nina renvoya Tomotchka chez elle ; elle s'était grisée comme une écolière et s'était évertuée à vouloir dire quelque chose de spécial à propos de Dieu, ce qui avait mis tout le monde mal à l'aise. Une fois seule, Nina rangea tout sans se presser, bavardant avec Sérioja en son for intérieur, comme à l'accoutumée. Mais, comme à l'accoutumée et comme de son vivant, il ne répondait rien.

Elle se coucha vers quatre heures sur son lit propre et froid, entre les draps à carreaux bleus et verts achetés à Berlin, où Sérioja et elle étaient allés trois ans plus tôt, leur dernier voyage ensemble. Bien qu'elle n'eût pris cette fois aucun cachet, elle s'endormit sur-le-champ, dès qu'elle fut réchauffée, d'un sommeil profond, roulant les globes de ses yeux sous ses paupières sombres et, au petit matin, lorsque les branches du grand tilleul qui effleurait la balustrade du balcon s'animèrent et se mirent à bruire sous la première brise, elle fit un rêve, le rêve le plus étonnant de sa vie.

Elle était debout au dernier étage d'une maison de la taille d'une villa dont la construction n'était pas encore terminée, car, d'en haut, on voyait les pièces du rez-de-chaussée, des poutres, des escaliers, tout cela sur plusieurs niveaux qui n'étaient pas très nettement définis, et soudain, elle entendit une chanson. Une voix de femme chantait un vieux chant géorgien. C'était sa grand-mère, Nina le devina, et aussitôt, elle la vit. Elle était assise sur un petit tabouret d'où pendaient les franges marron d'un coussin. Elle avait un chapeau noir enfoncé sur le front, et une étoffe sombre tombait de part et d'autre de son visage clair. Elle chantait, mais sa bouche était fermée, ses lèvres immobiles, et, cette fois encore, Nina devina très facilement que c'était une autre sorte de chant, produit non par les cordes vocales, mais par un organe qui n'a rien à voir avec la gorge et sans lequel aucun chant n'est possible. Dès qu'elle eut deviné de quel point du plexus solaire provenait ce chant, elle l'entendit se scinder en deux voix : une grave, l'alto de sa grand-mère, et la seconde, un soprano, son soprano à elle, qu'elle avait perdu, son bonheur à jamais disparu, mais encore plus beau, encore plus pur et plus velouté que du temps où elle étudiait au conservatoire. Et le son de cette voix retrouvée et régénérée était d'une nature autre, car il attirait comme l'aimant attire le fer, et la lumineuse maison en construction se remplit soudain de gens parmi lesquels il n'y avait pas d'inconnus, bien que Nina ne les connût pas tous par leur nom. C'étaient elles, les ombres d'un brun grisâtre, mais les sonorités de ce chant invisible les éclairaient et les révélaient comme sur du papier photo, et voilà que, parmi eux, elle distingua d'abord sa mère, puis Sérioja.

Elle descendait l'escalier pour les rejoindre lorsque sa mère et Sérioja se reconnurent dans la foule et s'embrassèrent, comme si l'un avait longtemps attendu l'autre sur un quai et que le train fût enfin arrivé. Sa mère, toute maigre, très jeune, disparaissant entre les larges bras de Sérioja, l'aperçut soudain, elle se mit à rire et s'écria : « Niniko ! »

Mais le son de sa voix n'existait pas par lui-même, il faisait partie lui aussi de ce chant géorgien qui, d'ailleurs, n'était plus géorgien, car les paroles, quoique parfaitement compréhensibles, étaient dans une autre langue.

Sérioja prit Nina par l'épaule et l'odeur de sa peau, de ses cheveux, la brûla, elle vit ses narines à lui frémir aussi, et il inclina la tête vers ses cheveux.

Quelqu'un lui cogna légèrement le genou et, baissant les yeux, elle vit un énorme chat qui se frottait contre sa jambe en réclamant des caresses. C'était lui, ce satané matou qui lui en avait tant fait voir. Sérioja se pencha et caressa son dos d'asphalte. Sa mère, d'un geste d'une affectueuse familiarité, aplatit le revers replié du veston de Sérioja... Mais ce n'était pas tout : surgissant de quelque part sur le côté, bras dessus bras dessous, ses deux amies Tomotchka et Susanna Borissovna se dirigeaient vers elle. Et elles avaient des visages si magnifiques que Nina comprit en riant qu'avant, elles étaient toutes les deux d'épouvantables idiotes, mais que c'était seulement pour un temps...

LA DAME DE PIQUE

À Natacha

La différence d'âge entre Mour et Anna Fiodorovna constituait une grandeur qui allait en décroissant à toute allure. Pour on ne sait quelle raison — soit que les rouages du mécanisme de l'horloge universelle fussent érodés, soit que leurs dents se fussent émoussées —, le temps s'était accéléré, tombant à tout bout de champ dans une arythmie vibratile, si bien qu'au bout du compte, d'après la marche de ce temps détérioré, trente années, si on les insérait entre l'âge de soixante et de quatre-vingt-dix ans, ne signifiaient plus grand-chose. Anna Fiodorovna remarquait seulement que les activités rapides se faisaient de plus en plus lentement, mais que le sommeil, en revanche, prenait moins de temps.

Elle s'était réveillée tôt, pour ne pas dire au milieu de la nuit (il n'était pas encore quatre heures), à cause d'un mauvais rêve. Un homme adulte, réduit à la taille d'une grande poupée, était couché dans le tiroir de son bureau et se plaignait : « Ma petite maman, comme je suis mal ici... »

C'était son fils, et son cœur s'était serré de chagrin : elle ne pouvait rien faire pour l'aider...

En réalité, elle n'avait aucun fils, elle avait une fille, et elle s'était réveillée en proie à l'horreur, car le rêve avait plus de force que la réalité : pendant la première minute qui avait suivi son réveil, elle avait été certaine qu'elle avait effectivement un fils, mais qu'elle l'avait complètement oublié. Puis elle avait allumé la lumière et, à la lumière, l'hallucination s'était dissipée; elle s'était souvenue qu'elle avait dû passer toute la soirée à fouiller dans les tiroirs de son bureau à la recherche d'un papier égaré. C'étaient ces recherches qui avaient provoqué ce rêve absurde.

Anna Fiodorovna était restée un instant allongée, puis avait décidé de se lever, d'autant que, la veille, elle n'avait pas mis la main sur le papier en question.

Cette fois, elle le trouva tout de suite. C'était un compte rendu sur une thèse qu'elle avait rédigé dix ans plus tôt, et elle en avait soudain besoin maintenant.

Toute la maison dormait, et c'était une bénédiction, un bonheur offert ou bien volé. Personne ne lui demandait rien; voilà qu'elle se retrouvait, sans l'avoir attendu ni prévu, avec deux heures bien à elle, et elle se demandait à présent à quoi elle allait les employer. Allait-elle ouvrir le livre que lui avait offert un vieux patient, un philosophe ou un linguiste connu, ou bien écrire une lettre à une amie intime en Israël?

Elle noua ses cheveux gris souris et enfila un vieux chandail sur sa robe de chambre. Les habits qu'elle portait à la maison ne l'avaient jamais mise en valeur : en robe de chambre, elle ressemblait à une de ces bonnes femmes qui louent des datchas dans les environs de Moscou. On estimait qu'elle était avantagée par les tailleurs qu'elle portait depuis l'époque où elle était étudiante. À présent, vêtue de gris ou de bleu marine, elle avait l'air d'un professeur, ce qui correspondait parfaitement à la réalité.

Anna Fiodorovna se fit du café, ouvrit l'ouvrage universitaire de son célèbre patient, sortit une feuille de papier à lettres et posa à côté d'elle une coupelle bleue remplie de bonbons, ce qu'elle ne se permettait pas d'habitude. Elle huma avec satisfaction l'arôme du café mais n'eut pas le temps d'en avaler une gorgée : accompagnée par les grincements de sa machine roulante, le dos droit comme un i, Mour fit son apparition dans la cuisine.

Anna Fiodorovna vérifia nerveusement si son chandail était bien boutonné. De toute façon, elle ne pouvait jamais prévoir ce qu'elle avait fait de travers : si son chandail était bien boutonné, alors elle avait mis des bas affreux, ou bien c'était sa coiffure qui clochait. Qu'est-ce qui pouvait bien clocher dans sa coiffure, alors qu'elle avait porté toute sa vie la même natte enroulée sur la nuque ? Du reste, les réflexions matinales pouvaient concerner n'importe quoi : les rideaux étaient sales, par exemple, ou bien le café épouvantable, il sentait le chou bouilli... La seule chose étonnante était la fraîcheur avec laquelle réagissait Anna Fiodorovna : elle s'excusait, se justifiait. Parfois elle essayait même de répondre à ces remarques, mais elle s'en voulait toujours après. Cela ne menait à rien de bon, Mour ne faisait que lever plus haut encore ses sourcils naturellement haut placés, si bien qu'ils disparaissaient sous sa frange d'un blond rosé, elle remuait lentement ses longues paupières et dardait sur Anna Fiodorovna le regard réprobateur de ses yeux couleur de miroir sans tain.

Cette fois, arrivée au milieu de la cuisine, Mour garda le silence. Son kimono noir pendait en plis vides, on aurait dit qu'il n'y avait pas de corps dessous. On voyait juste dépasser, comme chez une marionnette, des mains jaunes et osseuses, couvertes de bagues qu'elle n'enlevait jamais, et un long cou avec une petite tête au bout.

Toute sa vie, aussi loin que remontaient ses souvenirs, Anna Fiodorovna s'était toujours préparée avant d'affronter sa mère. Quand elle était petite, elle retenait son souffle devant sa porte, tel un nageur avant de plonger dans l'eau. Une fois devenue adulte, comme un boxeur avant un match contre un adversaire plus fort, elle se préparait, non à la victoire, mais à une défaite honorable. En cette heure matinale, sa mère la prenait au dépourvu et, n'étant pas sur ses gardes, elle la vit pour la première fois de l'extérieur, avec des yeux étrangers, en quelque sorte : elle avait devant elle un ange, sans sexe, sans âge, et presque sans chair. Un pur esprit. Mais quel esprit, ça, elle était bien placée pour le savoir. Serrant dans sa main un petit livre tout neuf, l'esprit en question déclara :

« Non, mais quelles âneries on trouve, dans ces souvenirs ! Je me demande qui m'a donné ça... En seize, j'habitais encore à Paris avec mon père. J'étais une gamine. Ce diadème, Kaspari me l'a offert en vingt-deux, nous étions mariés à l'époque, et c'est en vingt-quatre que je l'ai perdu au jeu, à Tiflis. Et il n'y avait plus de Kaspari à ce moment-là, j'étais déjà avec Mikhaïl. C'était un grand musicien... (Elle émit un petit gloussement lourd de sous-entendus, et Anna Fiodorovna se raidit, car venaient ensuite les obscénités habituelles, et c'était justement ce raidissement qui procurait du plaisir à sa mère) ... mais, pour la b..., il n'était pas très fort ! (Mour ricana tendrement.) Sa p... était vraiment au-dessous de tout. J'ai perdu ce diadème aux cartes à Tiflis, et, sur le portrait que Bakst a fait de moi, c'est un autre diadème, une petite chose de rien du tout, un accessoire de théâtre... »

C'était la meilleure page de ses souvenirs — ses amants célèbres. Leur nom était légion. Bien du papier avait été barbouillé par les meilleures plumes en l'honneur de ces boucles claires et des ineffables mystères de cette âme, et l'on aurait pu étudier les courants artistiques du début du siècle d'après ses portraits conservés dans des musées et des collections privées.

Sans doute y avait-il vraiment en elle un mystère, car ses amants n'avaient pas été les seuls à se pâmer devant elle. Anna Fiodorovna, sa fille unique, l'enfant d'un rare caprice vertueux, s'était creusé la tête toute sa vie sur cette énigme. D'où lui venait donc le pouvoir qu'elle avait exercé sur son père, sur ses sœurs cadettes, sur les hommes et sur les femmes, et même sur ces créatures indéfinies qui se situent dans l'interstice étroit et douloureux entre les deux sexes ? Outre les hommes normaux mus par les intentions les plus candides, elle n'avait cessé de susciter des passions chez des homosexuels féminisés et des lesbiennes résolues ayant quitté le droit chemin fastidieux de la féminité. Anna Fiodorovna était incapable de trouver la réponse à cette question, mais, se soumettant à cette force invisible, elle s'empressait d'exaucer tous les caprices de sa mère. Or Mour, telle une femme enceinte, avait toujours envie de quelque chose d'inconnu, d'indéfini... Bref, débrouillez-vous pour aller on ne sait où me chercher on ne sait quoi.

Les gens qui manifestaient la moindre résistance a son charme surhumain disparaissaient tout simplement de la circulation : l'ex-mari d'Anna Fiodorovna, que tout le monde avait oublié depuis longtemps, le mari de sa petite-fille Katia, et toute la famille de son dernier mari à elle... C'était comme s'ils n'avaient jamais existé.

« Tu as fait du café ? » dit Mour en fronçant son nez fin, après avoir posé le petit livre mensonger devant Anna Fiodorovna.

Cela sentait bon, mais elle avait toujours envie d'autre chose.

« Je boirais bien une tasse de chocolat !

— Du cacao ? »

Anna Fiodorovna se leva avec empressement, sans même prendre le temps de regretter sa petite fête ratée.

« Pourquoi du cacao ? C'est une vraie cochonnerie, votre cacao ! Il est donc impossible d'avoir une petite tasse de chocolat, tout simplement ?

— Je crois qu'il n'y en a pas. »

Il n'y avait pas de chocolat dans la maison. Enfin, il y en avait, bien sûr, des montagnes de chocolats dans d'énormes boîtes offertes par ses patients. Mais il n'y avait ni chocolat en poudre ni chocolat à cuire.

« Envoie Katia ou Lénotchka. Comment se fait-il qu'il n'y ait pas de chocolat dans cette maison ? s'écria Mour avec indignation.

— Il est quatre heures du matin ! » dit Anna Fiodorovna en essayant de se défendre.

Mais elle leva aussitôt les bras au ciel :

« Ah, mais si, il y en a ! »

Elle sortit du buffet une boîte encore intacte, arracha en toute hâte la cellophane craquante, éparpilla une poignée de chocolats, et, avec un couteau de cuisine, entreprit de séparer la base épaisse de la garniture inutilisable. Toute l'ardeur de Mour, qui était arrivée d'humeur combative, retomba aussitôt devant une telle ingéniosité.

« Tu me l'apporteras dans ma chambre... »

Après avoir enveloppé sa main avec précaution dans un gant épais, Anna Fiodorovna fit chauffer du lait dans un petit récipient. Elle prenait soin de ses mains comme un chanteur prend soin de sa gorge. Et il y avait de quoi : c'étaient des mains étroites avec de longs doigts épais et des ongles ovales au liseré couleur d'iode. Chaque jour elle plongeait ces mains, armées d'un manipulateur, au cœur même des yeux, contournait avec précaution les filaments des muscles tendus, les veinules, la zonule de Zinn, le dangereux canal de Schlemm, traversait de multiples membranes pour atteindre la rétine et, avec ces doigts grossiers, elle raccommodait, ravaudait, recollait la plus délicate des merveilles de l'univers..

Elle était en train d'écrémer le chocolat onctueux avec la petite cuillère en vermeil de sa mère, quand une clochette tinta : c'était Mour qui l'appelait. Elle posa une tasse rose sur un plateau et entra dans la chambre de sa mère. Celle-ci était déjà assise devant une petite table de bridge, dans la pose d'une buveuse d'absinthe. La clochette en bronze était devant elle, les pétales de son visage plaqués contre le tissu décoloré.

« Donne-moi juste un peu de lait, s'il te plaît, sans ton chocolat... »

(« Un, deux, trois, quatre... dix ! » compta Anna Fiodorovna par habitude.)

« Tu sais, Mour, tout le lait qui restait est passé dans ce chocolat.

— Katia ou Lénotchka n'ont qu'à descendre en chercher. »

(« Un, deux, trois, quatre... dix ! »)

« Il est quatre heures et demie du matin. Les magasins sont encore fermés. »

Mour poussa un soupir satisfait. Ses fins sourcils frémirent. Anna Fiodorovna se prépara à rattraper la tasse au vol. La lèvre desséchée creusée d'une profonde fossette d'où irradiait une multitude de ridules s'étira en un sourire narquois.

« Et un verre d'eau froide, je peux quand même avoir ça, dans cette maison ?

— Bien sûr, bien sûr ! » répondit Anna Fiodorovna avec empressement.

Apparemment, il n'y aurait pas de scène ce matin. Ou bien elle était remise à plus tard.

« Elle vieillit, la pauvre ! » remarqua Anna Fiodorovna en son for intérieur.

On était mercredi. Les consultations à la polyclinique débutaient à midi. Elle pouvait laisser Katia dormir, aujourd'hui. Le mercredi, les enfants se débrouillaient tout seuls. Lénotchka, qui avait dix-sept ans, conduirait le petit Gricha au lycée avant d'aller à son institut. C'était Katia qui irait le chercher, mais ils devraient être rentrés à cinq heures et demie au plus tard, car Katia travaillait à partir de six heures, elle enseignait l'anglais à des cours du soir. Il y avait ce qu'il fallait pour le déjeuner. Avant de partir, il faudrait acheter du lait. La clochette.

(« Un, deux, trois... dix ! »)

« Oui, Mour, qu'y a-t-il ? »

Au bout d'une main fine, des lunettes en métal se balançant élégamment dans les airs, comme une lorgnette.

« Je viens de penser à une chose... On a parlé de la marque L'Oréal, à la télévision. Une ravissante jeune fille recommandait une crème pour peaux sèches. L'Oréal. Je crois que c'est une vieille marque. Oui, oui, Liletchka avait commandé un de leurs parfums à Paris. Elle voulait une bouteille d'un litre, mais son amant était fauché, il lui avait envoyé un tout petit flacon. Un grand, c'était au-dessus de ses moyens ! Mais la scène, elle, a été de taille. Moi, Maïetski m'en avait apporté un litre... Mais non, qu'est-ce que je dis ! C'était du parfum Coty, pas L'Oréal... »

Ça, c'était une nouvelle calamité : Mour était exceptionnellement sensible à la publicité. Il lui fallait tout : la nouvelle crème, la nouvelle brosse à dents, ou la nouvelle supercasserole.

« Mais assieds-toi donc ! » dit Mour, débonnaire, en lui indiquant le tabouret rond du piano.

Anna Fiodorovna s'assit. Elle connaissait tous les cercles, toutes les circonvolutions et toutes les boucles, pareils à ceux du train électrique de Gricha, sur lesquels glissaient les locomotives de ces vieilles pensées, marquant des arrêts et changeant de direction à des endroits bien connus de sa grandiose biographie. Cette fois, elle était partie sur les parfums. Ensuite, ce serait Liletchka, l'amie et la rivale. Maïetski, qu'elle avait pris à Liletchka. Un illustre metteur en scène. Le tournage du film qui l'avait rendue célèbre. Son divorce. Ses sauts en parachute — personne n'arrivait à imaginer qu'elle en était capable. Puis venait l'aviateur, un pilote d'essai, un homme superbe. Qui s'était écrasé au bout de six mois en laissant d'excellents souvenirs. Après, c'était l'architecte, un homme très connu, ils étaient allés à Berlin et elle avait fait fureur, là-bas. Non, elle n'avait jamais travaillé ni pour la Tcheka ni pour le NKVD, c'étaient des bêtises, tout ça. Pour ce qui était de coucher, ça, oui ! Et avec plaisir ! Ah, il y avait des hommes, là, des vrais ! Alors que Katia et toi, vous êtes des bonnets de nuit, des culs serrés...

Quarante ans plus tôt, Anna Fiodorovna avait envie de la frapper avec une chaise. Trente ans plus tôt, de lui tirer les cheveux. Mais à présent, en proie au dégoût et à une nausée intérieure, elle n'écoutait même plus ces vantardises et songeait avec tristesse que cette matinée si remplie de promesses était définitivement à l'eau.

Le téléphone sonna. Sans doute la clinique. Il avait dû arriver quelque chose, sinon ils n'auraient pas appelé si tôt. Elle s'empressa de décrocher.

« Oui, c'est moi !... Quoi ? Je ne comprends pas ! De Johannesburg ? »

Comment n'avait-elle pas reconnu tout de suite

cette voix assez haut perchée, mais nullement féminine, avec ses « r » qui dérapaient et ces longues pauses entre les mots, comme chez les anciens bègues. Il choisissait ses mots. Trente ans...

Au début, le sang lui monta à la tête et elle eut très chaud, puis, au bout d'une seconde, tout reflua, elle se couvrit de sueur, et une faiblesse, mais une faiblesse...

« Oui, oui, je t'ai reconnu. »

La question idiote « Comment vas-tu ? », après tant d'années.

« Oui, c'est possible. Non, je ne m'y oppose pas. Au revoir. »

Elle raccrocha. Même ses mains étaient vidées de leur sang, elle avait le bout des doigts mou et fripé, comme après une grande lessive.

« Qui était-ce ?

— Marek. »

Elle aurait dû se lever et sortir, mais elle n'en avait pas la force.

« Qui ça ?

Mon mari.

— Ça alors ! Il est encore vivant ? Mais ça lui fait quel âge ?

— Il a cinq ans de moins que moi ! répondit sèchement Anna Fiodorovna.

— Alors ? Qu'est-ce qu'il nous veut ?

— Rien. Il a envie de nous voir, Katia et moi.

— C'est une nullité, cet homme, une nullité totale ! Je ne comprends pas comment tu as pu...

— Il possède une clinique à Johannesburg », dit Anna Fiodorovna en essayant de détourner le tir. Et cela marcha. Mour s'anima :

« Il est chirurgien ? C'est drôle, ça ! Ton père était chirurgien. Quand j'ai eu cet accident de voiture dans le Caucase... Sans lui, j'aurais perdu une jambe. Il a fait une brillante opération. (Mour gloussa.) Je l'ai séduit avec une jambe dans le plâtre... »

Le plus étonnant, c'était que les détails étaient inépuisables. Qu'elle s'était mariée sur un pari et avait gagné une broche en diamant à une amie célèbre, ça, Anna Fiodorovna le savait depuis longtemps, mais c'était la première fois qu'elle entendait parler du plâtre, et elle fut soudain saisie d'un sentiment hostile envers ce père mort depuis longtemps, qu'elle avait passionnément aimé dans son enfance. De vingt ans plus âgé que sa mère, il avait été le dernier représentant (si l'on ne comptait pas Anna Fiodorovna elle-même) d'une famille de médecins allemands, vouant à son métier une dévotion incompatible avec la vie. Mais il avait été protégé par la chance. Autrefois, dans sa jeunesse, alors qu'il exerçait dans une petite ville de province, il avait trépané un jeune ouvrier qui se mourait d'une infection de l'oreille interne. Sous le nouveau pouvoir, cet ouvrier s'était élevé jusqu'à des sommets invraisemblables, et le docteur Storch, qui l'avait pour sa part complètement oublié, ne s'était pas effacé de la mémoire de son patient reconnaissant, qui lui avait procuré une sorte de sauf-conduit. En tout cas, le fait d'avoir servi dans l'armée tsariste, puis dans l'armée des Volontaires, ne l'avait pas empêché de mourir dans son lit d'un honnête et douloureux cancer.

« Dis donc, ce Johannesburg, c'est en Allemagne ? »

On aurait pu avoir l'impression que les pensées de la vieille femme passaient du coq à l'âne, mais Anna

Fiodorovna connaissait bien la surprenante particularité de sa mère : elle pensait toujours à plusieurs choses en même temps, comme si elle tortillait un fil à partir de plusieurs brins à la fois.

« Non. C'est en Afrique. En république sud-africaine.

— Dis-moi... La guerre des Boers... Mais oui, je me souviens, maintenant... C'est drôle ! Bon, tu n'oublieras pas de m'acheter cette crème. »

Elle passa ses faibles doigts sur sa peau ridée aussi flasque que celle d'un vieil abricot.

Autrefois, Mour s'intéressait aux événements et aux gens en tant que décors de sa vie personnelle et figurants de la pièce qu'elle interprétait, mais au fil des années, tous les éléments secondaires s'étaient décolorés, et il ne restait plus au centre de la scène déserte qu'elle-même et ses désirs disparates.

Le sourcil gauche se souleva légèrement.

« Qu'y a-t-il pour le petit déjeuner ? »

Le petit déjeuner, le déjeuner et le dîner ne faisaient pas partie des éléments secondaires. Les repas devaient être servis à des heures précises. Le service au grand complet, avec porte-couteaux et serviettes dans des ronds. Mais, de plus en plus souvent, elle soulevait sa fourchette et la laissait aussitôt retomber à côté de son assiette.

« Je n'ai pas faim ! déclarait-elle d'un ton agacé et vexé. Je prendrais peut-être une pomme râpée, ou bien une glace... »

Toute sa vie, elle avait adoré éprouver des envies et obtenir ce qu'elle désirait. Son vrai malheur était qu'elle n'avait plus d'envies, et si la mort était terrible, c'était uniquement parce qu'elle signifiait la fin des désirs.

La veille de la venue de Marek, Katia fit le ménage jusque tard dans la nuit. L'appartement était délabré, il y avait si longtemps qu'on n'avait pas fait de travaux que le ménage ne changeait pas grand-chose : des plafonds aux coins jaunis et aux moulures qui s'effritaient, un mobilier vétuste qui avait besoin d'être réparé, des livres poussiéreux sur des étagères desséchées. Un mélange intellectuel de luxe et de misère. Tard dans la soirée, Katia et Anna Fiodorovna, vêtues de vieilles robes de chambre bien chaudes et ressemblant toutes les deux à des jouets en peluche râpés, s'installèrent sur le petit divan en tapisserie aussi élimé qu'elles.

Anna Fiodorovna était appuyée contre l'accoudoir, et Katia, ses jambes fines repliées sous elle, se blottissait sous le bras de sa mère comme un poussin sous l'aile d'une poule avachie. Bien qu'elle approchât de la quarantaine, Katia avait réellement quelque chose d'un poussin : des yeux ronds sur une tête blanchâtre et duveteuse, un cou mince, un long nez en forme de bec. Le charme désincarné d'un oiseau. La mère et la fille s'adoraient, mais cet amour même était un obstacle à leur intimité : elles craignaient plus que tout de se faire mutuellement de la peine. Et comme la vie est constituée principalement de chagrins en tout genre, c'était un éternel silence qui leur tenait lieu de plaintes murmurées, de délicieuses consolations réciproques et de ces réflexions simultanées que l'on échange à voix haute ; aussi, la plupart du temps, elles parlaient du rhume de Gricha, des examens de Lénotchka, ou d'un somnifère pour Mour. Lorsque quelque chose d'important se produisait dans leur vie, elles se contentaient de se blottir l'une contre l'autre plus étroitement et plus longtemps que d'habitude, ou de rester assises sans rien dire dans la cuisine, devant des tasses vides.

« Avant de partir, il m'avait offert un microscope, un petit, en cuivre, une vraie merveille ! dit Katia en souriant. Je l'avais tout de suite emporté chez Tania Zavidonova, tu te souviens, elle était en neuvième avec moi ?

— Tu ne m'avais jamais parlé de ce microscope ! »

Sans lever les yeux, Anna Fiodorovna s'enveloppa plus étroitement dans son peignoir.

« Je pensais que cela te ferait de la peine si je le rapportais à la maison... Et finalement, Zavidonova ne me l'a jamais rendu. Son père l'a peut-être vendu pour s'acheter à boire... Je l'adorais, tu sais... Mais, au fond, pourquoi avez-vous divorcé ? »

La question était difficile, et il y avait beaucoup trop de réponses, c'était comme descendre l'escalier pour aller à la cave : plus on s'enfonçait, plus c'était sombre.

« Quand on s'est mariés, on a loué une chambre à Ostankino, chez une femme qui fabriquait des prosphores [1]. Le réchaud était tout le temps occupé, mais la maison était remplie de ces prosphores. C'est là que tu es née. La première chose que tu as mangée, ce sont ces prosphores. On a vécu là quatre ans. Mour habitait avec ses sœurs. En ville, avec Éva, et à la datcha, avec Béata. Tante Éva l'a servie toute sa vie, elle lui amidonnait ses blouses. Une vieille fille secrètement

1. Petits pains que l'on bénit pendant la liturgie orthodoxe et dont on prélève une parcelle pour la communion.

catholique, extraordinairement stricte ; elle ne passait rien à personne, mais elle était en adoration devant Mour. Elle est morte subitement, elle n'avait même pas soixante ans. Et maman m'a aussitôt réclamée. Elle ne supportait pas d'être servie par des étrangers.

— Mais pourquoi tu ne lui as pas dit non ? s'écria Katia avec violence.

— Elle avait près de soixante-dix ans, et puis on avait diagnostiqué cette maladie... Je ne pouvais quand même pas abandonner une mourante !

— Mais elle n'est pas morte...

— À l'époque, Marek disait qu'elle était immortelle, comme la théorie marxiste-léniniste. »

Katia pouffa.

« Très spirituel !

— Oh oui ! Mais, comme tu vois, il s'est trompé. Grâce au ciel, maman a survécu au marxisme. Quant à la tumeur, elle s'est résorbée. Elle lui a dévoré une partie d'un poumon et s'est arrêtée là. Je m'occupais d'elle, et tante Béata s'occupait de toi. Elle ne supportait pas les enfants, alors on t'a aussitôt envoyée à Pakhra, et on t'a reprise seulement pour te mettre à l'école.

— Et pourquoi papa n'a pas déménagé ici avec toi ?

— Il n'en a même pas été question. Elle le détestait. Il est resté à Ostankino ; c'est là qu'il a vécu jusqu'à son départ.

— On laissait donc partir les gens, à l'époque ?

— C'était un cas spécial. Il est passé par la Pologne. Sa mère, une communiste, avait fui la Pologne avec son frère aîné et lui pour se réfugier en Russie ; son père était resté en Pologne, il est mort là-bas. C'était une famille nombreuse, beaucoup ont été sauvés, certains sont partis en Hollande, d'autres en Amérique. Je ne me souviens plus, Marek me l'avait raconté. Tu as toute une colonie de cousins dans le monde entier. Et lui, tu vois, il est parti en Afrique du Sud, soupira Anna Fiodorovna.

— Et Mour ? » demanda Katia, poursuivant son enquête à retardement.

Anna Fiodorovna étouffa un petit rire.

« Le lendemain, elle a fait venir la manucure et m'a demandé de repasser sa blouse rayée.

— Mais non ! Je veux dire, en général...

— Elle m'a interdit de correspondre avec lui. Un jour, un Israélien d'origine polonaise m'a apporté quelques centaines de dollars et des jouets, des vêtements pour toi ; quand elle l'a appris, elle m'a fait une telle scène que je ne savais plus où me mettre. Je ne sais pas ce qui me faisait le plus peur. À l'époque, pour des dollars, on vous envoyait en prison, tout simplement. J'ai tout rendu à ce Polonais, et je l'ai prié de transmettre à Marek qu'il ne nous compromette pas et ne nous envoie plus rien.

— Que c'est bête, tout ça... chuchota Katia d'un ton condescendant en caressant la tempe de sa mère.

— Oh, c'est la vie ! » soupira Anna Fiodorovna.

Mais cette conversation lui laissa un arrière-goût désagréable : Katia, semblait-il, lui avait fait entendre que quelque chose clochait dans sa vie...

Elle ne l'avait jamais remarqué auparavant.

Après plusieurs jours d'un froid glacial, le temps s'était un peu adouci, il s'était mis à neiger et le quartier de la Moskova se couvrait de neige à vue d'œil.

Un homme âgé vêtu d'une grosse pelisse et coiffé d'une chapka constituée de deux sortes de renards sortit de l'entrée monstrueusement haute d'un immeuble stalinien juché sur un socle en granit. Venant à sa rencontre, un hurluberlu en veston beige grimpait le large escalier, une écharpe rouge rejetée sur l'épaule, tête nue, ses boucles blanches couvertes de neige.

La porte n'avait pas encore claqué, et l'homme aux cheveux blancs, passant derrière le vieillard emmitouflé d'un pas leste, se faufila dans l'entrée.

Le visiteur sonna à la porte qu'il cherchait, il entendit derrière un bruit de pas qui s'éloignait, puis une voix de femme éclatante s'écria : « Gricha ! Donne-moi cette pâte à modeler ! » Il entendit ensuite un léger bruit de verre cassé et une exclamation irritée : « Mais ouvrez donc la porte ! » Et la porte s'ouvrit enfin.

Sur le seuil se tenait une femme assez forte d'un certain âge avec une graine familière germant dans les profondeurs de son visage. Il était possible que cette graine fût le pépin mauve de sa joue qui, bien des années auparavant, ressemblait à un charmant petit grain de beauté. La femme tenait un bocal en verre cassé dans une main, et le considérait avec effarement.

Au bout du couloir, là où il formait un coude donnant sur une petite pièce, il y avait une flaque et, au milieu, une serpillière à la main, une jeune fille inconnue qui devait être non la fille, mais la petite-fille du visiteur. Elle était très grande, dégingandée, avec des épaules étroites et des yeux ronds. Un cri sortit de nouveau de la chambre du fond : « Grichka ! Donne-moi cette pâte à modeler ! »

Le visiteur entra en traînant derrière lui une valise à

roulettes, et s'arrêta. Tout en suçant le sang de son doigt coupé, Anna Fiodorovna lui dit d'un ton tout à fait ordinaire :

« Bonjour, Marek ! »

Il la prit par les épaules :

« Aniéla ! Mais c'est à devenir fou ! Le monde entier a changé, tout est devenu différent, il n'y a que cette maison qui est toujours la même ! »

Katia sortit de la chambre du fond avec un Gricha récalcitrant.

« Katouchka ! » s'écria le visiteur.

C'était le petit nom depuis longtemps oublié que l'on donnait à Katia dans son enfance, au temps lointain où elle était un bébé potelé.

En regardant ce visage juvénile et hâlé, beaucoup plus beau que dans ses souvenirs, Katia se souvint à quel point elle l'aimait, et combien elle avait honte de cet amour qu'elle cachait à sa mère de peur de lui faire de la peine. Et voilà qu'elle découvrait soudain qu'au fond de son cœur, cet amour n'avait pas été oublié. Elle perdit contenance et rougit :

« Voilà mes enfants, Gricha et Lénotchka. »

Il remarqua alors que le visage de Katia n'était plus très jeune, qu'il était ridé, et que les mains disposées en coupe sous son menton n'étaient plus de la première jeunesse, elles non plus. Il n'avait pas encore eu le temps d'examiner ses petits-enfants tout neufs quand une porte s'ouvrit lentement au fond de l'appartement et, accompagnée du léger cliquetis des lattes métalliques de son déambulateur, Mour surgit dans l'embrasure.

« La Dame de pique ! murmura le visiteur avec une immense stupéfaction. C'est à devenir fou ! »

Il éclata, on ne sait pourquoi, d'un rire joyeux et se précipita pour lui baiser la main, tandis qu'elle, lui présentant d'un geste mondain sa main desséchée, se dressait devant lui, fragile et majestueuse, comme si c'était à elle que cet élégant monsieur, ce produit de l'étranger, était venu rendre visite. De ses doigts aux ongles vernis, la vieille femme du monde balaya la gêne générale, et tous les membres de la famille comprirent très exactement comment il fallait se comporter dans cette situation non répertoriée.

« Tu as une mine superbe, Marek ! fit-elle aimablement remarquer. Les années t'avantagent beaucoup. »

Marek, sans lâcher sa petite main salvatrice, gazouilla quelque chose en polonais...

Il se trouvait que c'était la langue de leur enfance, celle de cette dame née Tcharnetskaïa, venue au monde dans l'une des étroites maisons de style semi-gothique du Stare Miasto, et celle de ce petit-fils d'un pharmacien de la Krochmalna, une rue juive de Varsovie connue du monde entier pour diverses raisons.

Katia échangea un regard avec sa mère : même ici, Mour accaparait l'attention, avant la fille, avant les petits-enfants.

« Tu peux passer me voir dans ma chambre », dit Mour en l'invitant gracieusement, comme si elle avait oublié à quel point il lui déplaisait trente ans plus tôt. Mais là, il se produisit quelque chose d'inattendu.

« Je vous remercie, Madame ! Je ne dispose aujourd'hui que d'une heure et demie et je tiens à la passer avec les enfants. Je viendrai vous voir demain, et, à présent, si vous le permettez, je vais vous raccompagner jusqu'à votre chambre. »

Elle n'eut pas le temps de protester : joyeusement, mais résolument, il avait déjà fait pivoter sa calèche et l'emmenait dans son boudoir.

« C'est toujours aussi élégant, chez vous. Vous permettez que je vous installe dans le fauteuil ? » proposa-t-il sur un ton dans lequel il n'y avait pas la moindre allusion à une autre possibilité.

Anna Fiodorovna, Katia et Lénotchka restaient debout sur le seuil comme un tableau vivant, s'attendant à des cris, à des hurlements, à des tasses brisées. Mais rien de tout cela ne se produisit : Mour se laissa docilement tomber dans le fauteuil. Il se pencha, effleura son pied fin glissé dans une pantoufle en vieux cuir desséché bleu foncé et dit d'une voix assez sévère :

« Vous ne devriez absolument pas porter des chaussures pareilles ! Je vous enverrai des souliers dans lesquels vous vous sentirez parfaitement bien. C'est une marque spéciale. Il faudra juste que les filles prennent vos mesures. »

Il la laissa seule, ferma la porte derrière lui, et Anna Fiodorovna lui demanda avec une stupéfaction extrême :

« Comment peux-tu lui parler de cette façon ? »

Il fit un geste désinvolte.

« Question d'expérience. Dans ma clinique, quatre-vingts pour cent de mes patients ont plus de quatre-vingts ans, tous des gens riches et capricieux. J'ai passé cinq ans à étudier comment s'y prendre avec eux. Mais ta mère, c'est une vraie Dame de pique ! Elle a servi de modèle à Pouchkine ! Bon. Viens par ici, Gricha, on va regarder ce qu'il y a dans cette valise. »

Gricha, oubliant aussitôt la pâte à modeler avec

laquelle il venait de boucher si adroitement le lavabo, tira derrière lui la belle valise à l'aspect prometteur.

Anna Fiodorovna était debout près de la table dressée. C'était comme si tout ce qui se passait n'avait aucun rapport avec elle. Même la fidèle Katia ne détachait pas les yeux du visage hâlé de Marek ; Anna Fiodorovna trouvait son sourire hébété et niais.

« Heureusement que je ne me suis pas teint les cheveux avec ce flacon foncé que j'ai acheté avant-hier, il se serait imaginé que je me rajeunissais pour lui. Mais tout de même, je ne devrais pas me laisser aller comme ça, dès qu'il sera parti, je me ferai une teinture. »

Il lança un regard de son côté en faisant de la main un geste familier, comme s'il jouait au ping-pong, et Anna Fiodorovna se souvint combien il était habile à ce jeu, devenu en vogue à l'époque de leur mariage.

Il traitait les enfants avec aisance et naturel. Il tenait Katia par l'épaule, sans la lâcher, et elle se pâmait sous sa main comme une vache.

« Exactement comme une vache ! » songea Anna Fiodorovna.

Les cadeaux étaient parfaits : un téléphone sans fil, un appareil photo, toutes sortes de gadgets techniques. Il sortit de la poche intérieure de son veston en laine un petit album de photos, montra sa maison à Johannesburg, sa clinique, et aussi une belle villa à un étage au bord de la mer, qu'il appelait sa datcha.

Puis il regarda sa montre, donna à Gricha une petite tape sur la nuque, et demanda à quelle heure il pouvait venir le lendemain. Il avait passé chez eux exactement une heure et demie.

« J'aimerais venir assez tôt. C'est possible ? »

Il s'était adressé à Anna Fiodorovna, et elle eut l'impression qu'il avait un peu peur d'elle.

« Tu n'as pas de manteau ? demanda Gricha, admiratif.

— En fait, j'ai un blouson à l'hôtel, mais à quoi bon ? Une voiture m'attend en bas. »

Les enfants le regardaient d'un air si extasié qu'Anna Fiodorovna en éprouva un mouvement d'humeur, mais elle eut aussitôt honte d'elle-même : finalement, c'était bien compréhensible, il avait toujours été un charmeur, et par-dessus le marché, en vieillissant, il était devenu beau... Mais un vague sentiment d'amertume et de perplexité lui serrait douloureusement le cœur.

Comme cela arrive fréquemment, la tradition familiale du vide paternel s'était renforcée à chaque génération. En fait, le dernier homme de la famille, le dernier père, avait été le vieux Tcharnetski, rejeton d'un farouche guerrier polonais et tendre père de trois beautés : Maria, Évelyne et Béata.

Anna Fiodorovna elle-même avait d'abord vécu sans mère, lorsque Mour, sur une inspiration subite, avait quitté le docteur Storch du jour au lendemain, sortant de la maison un beau matin et oubliant pour ainsi dire de rentrer. Au bout de quelques jours, elle avait envoyé chercher des objets de première nécessité, parmi lesquels ne figurait pas sa fille d'un an et demi. Son nouveau mariage n'était pas encore définitif, mais elle était déjà engagée sur la bonne voie. Son flair lui soufflait que le temps des poètes décadents et des héros rebelles était terminé. Si son premier essai dans le domaine de la nouvelle littérature n'avait pas été des plus réussis, les suivants, en revanche, avaient été couronnés de succès : elle s'était trouvé un vrai « classique soviétique », un génie de l'hypocrisie avec une enveloppe ascétique et des passions on ne peut plus « nouveau riche ». Quand il montrait sa collection de porcelaines, un Borissov-Moussatov fraîchement acquis ou une esquisse de Vroubel, il levait les bras au ciel d'un air charmeur et disait :

« Tout ça, ce sont des lubies de Mour ! Je me suis dégotté une bonne femme de la haute, et maintenant il faut bien payer les pots cassés ! »

Son dernier mariage avait été une grande réussite, et la petite Anna avait vécu avec son père jusqu'à ce que l'on se souvînt d'elle. Mour avait recommencé à évoluer dans la grande littérature, elle avait eu une liaison avec un important dramaturge et avec un metteur en scène très célèbre, ainsi que quelques aventures sans lendemain, dans le décor — fort bien équipé à cet effet — de luxueuses maisons de repos dans le sud du pays. Pour finir, il y avait eu la construction, dans le quartier de la Moskova, d'un immeuble cossu où les appartements étaient attribués non d'après des calculs plébéiens de mètres carrés par personne mais conformément à la véritable échelle des âmes d'écrivains. Mais même là, il y avait on ne sait trop quelles restrictions administratives : elle avait été obligée de domicilier chez elle ses deux sœurs et avait décidé de reprendre sa fille. S'étant par ailleurs rendu compte que le classique dont elle était propriétaire lorgnait les opulentes serveuses et les petites femmes de chambre d'un œil qui n'avait rien de platonique, elle avait décidé qu'il était grand temps de consolider la famille en lui offrant l'opportunité de faire ses preuves en qualité de père d'une fille déjà grande.

Elle avait donc repris sa fille de sept ans au vieux chirurgien. La fillette, qui adorait son père, avait été transplantée de la voluptueuse et nonchalante Odessa dans un appartement moscovite compassé où l'on venait d'emménager et avait peu à peu oublié son père, avec lequel il lui avait été dès lors interdit d'entretenir des relations. Sur les instances de Mour, le nom allemand[1] de la petite fille, ce nom d'oiseau, avait été remplacé par un autre, célèbre dans toute l'Union soviétique ; on lui avait enjoint d'appeler « papa » un gros homme chauve et on l'avait confiée à sa seconde tante, qui vivait toute l'année dans une datcha d'écrivains. Quelques années plus tard, il y avait eu la guerre et l'évacuation à Kouïbychev, qui lui laissa pour toute sa vie l'horreur inoubliable du froid, puis le retour à Moscou dans un wagon officiel surchauffé et le bonheur de sa rencontre avec Moscou, qui était devenue sa ville natale précisément durant les premiers mois qui avaient suivi ce retour. Elle n'avait plus jamais revu son père et ne faisait que deviner confusément sa profonde ressemblance avec lui.

Katia, sa fille, gardait de son propre père des souvenirs plus vagues encore. C'étaient des images décousues mais filmées en gros plan : elle se voyait malade, les oreilles emmitouflées, et son père lui apportait un chiot directement dans son lit... Ou bien elle était debout sur un perron et le regardait repêcher un seau tombé au fond d'un puits avec une perche munie d'un

1. *Storch* : cigogne en allemand.

crochet... Les voilà sortant d'une maison en bois qui sent une âcre odeur de fumée, ils marchent sur une route enneigée en direction d'un immense palais royal avec des fenêtres allant du plancher jusqu'au plafond, des poêles décorés de carreaux en faïence, des tableaux sur les murs, et ça sent l'été, les bois...

Quant aux visites de son père à Pakhra où, comme sa mère en son temps, elle avait vécu jusqu'à son entrée à l'école, Katia ne s'en souvenait presque pas. Elle n'avait qu'un seul souvenir bien net : vêtue d'une pelisse en peau de chat tachetée, coiffée d'une chapka en fourrure, elle marche sur un étroit sentier en direction d'un arrêt d'autobus, donnant la main d'un côté à tante Béata, et de l'autre à son père. L'autobus est déjà là et elle a terriblement peur que son père soit en retard, qu'il n'ait pas le temps de monter, aussi crie-t-elle en lâchant sa main :

« Cours, vite ! Va-t'en ! »

Et, la même année, il avait suivi sa recommandation.

C'était même étonnant de voir à quelles profondeurs son amour d'enfant avait été enseveli : pendant des années, Katia n'avait jamais pensé à lui, ni à cet honnête instrument allemand si utile pour étudier les cellules des pelures d'oignon et les pattes de punaises...

Quant à Lénotchka, la fille que Katia avait eue très jeune, elle ne gardait absolument aucun souvenir de son père. Katia avait divorcé un an après sa naissance. Elle n'avait jamais reçu de pension alimentaire et savait uniquement par des relations communes qu'il était encore vivant.

Jusqu'à la naissance de Gricha, la famille avait été

composée de quatre femmes, mais la totale absence d'homme ne troublait personne, à part Mour. Cette dernière, qui avait pris l'habitude de considérer sa fille Anna comme une créature asexuée et insipide, juste bonne à s'acquitter en vitesse des tâches domestiques, n'arrivait pas à comprendre pourquoi sa petite-fille Katia menait une vie si ennuyeuse. Une chose la surprenait : mais d'où sortaient donc leurs enfants, étant donné cette absence totale de féminité ? De vrais animaux, ma parole ! Elles b... exclusivement pour la reproduction.

Mour était profondément injuste envers Katia. Celle-ci vivait un amour malheureux d'une rare perfection, au nom duquel, justement, elle avait quitté son premier mari indistinct ; elle avait traversé avec l'objet de son grand amour des épreuves considérables, avait donné naissance à Gricha, et cela faisait bientôt treize ans qu'elle courait à de rares rendez-vous avec son amant trop scrupuleux, remettant d'année en année le moment de la rencontre véritable et réciproque de son fils avec ce père secret. La famille, c'est sacré, assurait-il, et Katia ne pouvait pas ne pas être d'accord avec lui.

Si bien que l'absence de père était devenue dans leur famille un phénomène foncièrement héréditaire, solidement entériné par trois générations. Il ne serait venu à l'idée ni d'Anna Fiodorovna, ni de Katia, ni même de Lénotchka qui grandissait, d'introduire ne fût-ce que le plus modeste, le plus insignifiant des hommes, dans cette maison qui se trouvait entièrement et absolument sous la coupe de Mour. Cette dernière, pleine d'un superbe mépris envers ses descendantes, ne leur accordait pas ce droit. Anna Fiodorovna et Katia s'étaient totalement résignées tant à cette absence de père qu'à leur solitude de femmes ; quant à Lénotchka, une fille infantile justement dans le domaine où son arrière-grand-mère avait manifesté ses talents avec une plénitude si grandiose, elle n'y songeait tout simplement pas.

Anna Fiodorovna n'en ressentit qu'avec plus d'acuité à quel point toute la maison avait perdu la tête à la suite de la première visite de Marek ; non seulement le petit Grichka de huit ans, mais aussi cette grande perche de Lénotchka, qui avait presque atteint le mètre quatre-vingts cet hiver-là, ainsi que Katia elle-même, se précipitaient ventre à terre à son coup de sonnette, avec autant d'enthousiasme que si c'était pour le moins le Père Noël en personne qui se trouvait derrière la porte. Et Marek lui-même entretenait cette note en rouge et blanc d'un goût douteux : des cheveux bouclés d'un blanc éclatant moussaient au-dessus de son hâle africain, mais, au lieu du vulgaire manteau rouge au col en coton blanc, il portait, drapée autour du cou, une écharpe en laine d'un profond rouge sang et de cette qualité supérieure qui transforme presque les matières coûteuses en valeurs spirituelles. Ainsi qu'il convenait à un Père Noël, il était gai, le teint vermeil, incroyablement généreux en nourriture comme en cadeaux, et plus encore en promesses... Même Mour lui manifestait un intérêt démesuré.

Anna Fiodorovna était torturée par un sentiment d'humiliation personnelle comme elle n'en avait pas éprouvé depuis longtemps. Ce Marek qui, trois jours auparavant, ne connaissait même pas l'existence de Gricha et de Lénotchka, jouait aujourd'hui dans leur vie un tel rôle que Lénotchka n'arrêtait pas de se demander si elle devait aller faire ses études en Angleterre ou en Amérique ; quant à Gricha, il divaguait sur on ne sait trop quelle île grecque où se trouvait la datcha de Marek, une villa à un étage adossée à un rocher rose et donnant sur une petite crique avec un yacht blanc épinglé au milieu comme une broche en ivoire sur de la soie bleue... Gricha avait déchiqueté le petit album de photos de Marek, et les tirages en couleurs d'une vie étrangère et irréelle traînaient dans tout l'appartement, même chez Mour. Mais le plus vexant, c'était que Katia arborait un petit sourire niais et se mettait même à ronronner légèrement, exactement comme sa grand-mère... Et, pour couronner le tout, Anna Fiodorovna, pleine de remords, souffrait de nourrir des sentiments d'une telle bassesse et de ne pouvoir s'en débarrasser.

À son travail aussi, il se produisait des événements désagréables. L'un des malades les plus gravement atteints qu'elle eût soignés ces derniers temps (un jeune milicien hospitalisé non pour une intervention prévue d'avance mais à la suite d'un accident) avait subi une opération extraordinairement réussie et l'on avait pu dire à coup sûr qu'au moins l'un de ses yeux était sauvé. Mais, quelques jours plus tôt, il avait trimbalé un téléviseur d'un coin à l'autre du hall, et tout ce travail d'orfèvre était tombé à l'eau, de nouvelles lésions étaient apparues sur la rétine ; à présent, elle ne savait pas du tout si elle allait pouvoir sauver de nouveau l'œil de cet imbécile...

Marek était venu à Moscou pour affaires. Ces affaires consistaient en un seul et unique rendez-vous avec des fonctionnaires de la santé, fixé au premier soir de son séjour. Il s'agissait d'un équipement spécial pour des soins postopératoires, à la fabrication duquel il était mêlé. Comme il le leur dit par la suite, ces pourparlers avaient été un prétexte pour venir voir sa fille. Durant toutes ces années, il n'avait pas renouvelé sa première tentative pour rétablir un lien avec son ancienne famille, il avait une trop grande expérience des rapports avec le pouvoir soviétique, tant dans leur variante russe que polonaise.

Il s'était attendu à tout en faisant ce voyage, mais n'avait nullement prévu de rencontrer des enfants aussi candides et aussi attendrissants, sa propre famille, en fait, qui s'était parfaitement débrouillée sans son aide et ne savait absolument rien de lui.

Même la vieille harpie suscitait en lui un semblant de tendresse et d'intérêt. Ce jour-là, il avait passé plusieurs heures avec elle : Gricha était allé gambader à un arbre de Noël chez un camarade de classe et Lénotchka était partie rater un examen de plus.

Marek, fine mouche, avait posé à Mour une excellente question, il l'avait interrogée sur le prix Staline reçu jadis par son classique. Et Mour s'était lancée dans d'agréables souvenirs. Ce dernier succès de son mari avait coïncidé pour elle avec une nouvelle envolée, toute une rafale de succès éclatants sur un champ limitrophe : une liaison tempétueuse avec un mystérieux général qui tenait tout le processus littéraire dans son poing velu, des aventures sans lendemain avec un secrétaire, avec le mari d'une amie très chère, avec un académicien biologique, et ainsi de suite... Tout cela avait eu pour témoin Anna, sa fille renfrognée qui nourrissait au fond de son âme une tristesse de puritaine et un profond désespoir né de l'impossibilité d'aimer comme de ne pas aimer cette femme délicate, d'une beauté surhumaine et toujours attifée de façon théâtrale, qu'elle avait pour mère.

Mour parlait à bâtons rompus, de façon sélective, saupoudrant son récit de prénoms et de détails, mais le tableau qui surgissait devant Marek était d'une précision parfaite. Et puis il y avait beaucoup de choses qu'il savait par Anna.

Ne survivant que peu de temps au Maître tant chanté et donnant à ses collègues envieux une preuve ultime de sa géniale prévoyance, son classique était mort au bon moment. On l'avait déposé sous une lourde pierre grise dans le cimetière de Novodievitchi et, pendant quelque temps, la vie de Mour s'était un peu affadie. L'argent, lui, coulait à flots : droits d'auteur et de mise en scène, nouveaux tirages. Une autre aurait mené une petite vie tranquille, mais Mour ne se sentait pas dans son assiette, ses liaisons étaient devenues fastidieuses et insipides, ses désirs avaient perdu leur élasticité d'autrefois, et, de cinquante à soixante ans, elle avait connu des années assez mornes. Par la suite, elle expliqua cela par la ménopause. Mais sa ménopause se termina en beauté. Elle se fit faire deux petites opérations fort rares à l'époque (son amie Vérotchka, une célèbre actrice de cinéma, lui avait passé son docteur) et elle en fut toute rafraîchie. Une liaison, bien entendu. Éblouissante, inimaginable, avec un jeune acteur. Quarante ans de différence. Tous les records avaient été battus, tous les draps froissés, ses amies étaient dans des hospices et des hôpitaux, certaines tiraient leurs dernières années de relégation, mais elle, bien vivante, avec sa poitrine pointue, son petit derrière et son cou ravalé, recevait un beau garçon tsigane dont la jeune épouse rageait derrière la porte. Moscou grondait, la vie continuait...

Et là, il y avait eu un raté. Le jeune acteur s'était mis à boire à une allure invraisemblable, ses amies avaient commencé à tomber comme des mouches, sa fille Anna avait quitté la maison en se mariant avec un étudiant squelettique, un Juif — elle n'avait jamais aimé ça, depuis qu'elle était toute petite. Enfin, bon, bien sûr, qu'ils vivent leur vie, on n'allait quand même pas les envoyer dans des chambres à gaz, mais de là à les épouser...

« Je me demande bien pour qui elle me prend ? » songeait Marek, mais il ne posa pas de questions. Il écoutait attentivement.

... Ses anciens amants mouraient tous les uns après les autres, les généraux comme les civils. Et le plus rageant avait été la mort de sa sœur Éva, de dix ans plus jeune qu'elle, fidèle, dévouée... Il avait fallu faire revenir Anna et, très vite, prendre aussi Katia. Elle n'avait pas eu le temps de se retourner que la maison était déjà pleine d'enfants : une vie complètement insignifiante, sans amusements, sans intérêt...

En entrant dans la chambre pour venir chercher les tasses à thé, Anna Fiodorovna remarqua en son for intérieur que Mour avait le même air heureux que les enfants, et, en plus, elle était sur le pied de guerre : sa voix était plus basse d'une octave, ronronnante, ses yeux semblaient avoir doublé de volume et son dos était encore plus droit, si c'était possible. Une tigresse en chasse, c'est ainsi qu'Anna Fiodorovna appelait sa mère dans ces moments-là.

Et Marek était là, avec un sourire nébuleux.

La famille vivait son dernier soir d'extase, auquel Anna Fiodorovna essayait de prendre le moins de part possible. Gricha était suspendu à Marek et n'en décollait de temps en temps que pour revenir en courant lui sauter au cou et se blottir encore plus étroitement contre lui. Lénotchka fonçait toutes voiles dehors vers une catastrophe scolaire, mais, en ces jours décisifs, elle avait laissé tomber ses cours et suivait son nouveau grand-père comme son ombre. La fascinante Angleterre lui ayant coupé tout appétit pour la science nationale, elle n'éprouvait pas la moindre inquiétude pour l'examen du lendemain. Quant à Katia, Anna Fiodorovna s'efforçait de ne pas la regarder : l'expression de son visage était insupportable.

À minuit, après leur avoir fait ses adieux, Marek passa voir Mour. Les pieds posés sur une bouillotte tiède, elle regardait la télévision en mangeant du chocolat. C'était l'un de ses principes fondamentaux : un plaisir n'empêche pas l'autre. Quant à la bouillotte, contre laquelle Anna Fiodorovna protestait depuis trente ans, elle avait pris l'habitude dès sa jeunesse d'en mettre une dans son lit pour le réchauffer, même dans les cas où cette bulle de chaleur n'était pas le seul compagnon de ses nuits.

Avec condescendance, elle tendit à Marek, respectueusement incliné devant elle, un étroit papier à moitié recouvert de lettres tremblotantes :

« C'est pour toi, mon ami. Des petites choses dont j'ai besoin. »

Marek fourra le papier dans sa poche sans le regarder.

« Avec grand plaisir... »

Il savait s'y prendre avec les vieilles dames. Il sortit et Anna Fiodorovna s'attarda un moment pour redresser les oreillers dans le dos de sa mère. Celle-ci, léchant un doigt couvert de chocolat, sourit d'un air mystérieux et demanda d'un ton de défi :

« Alors, tu vois, maintenant ?

— Je vois quoi ? demanda Anna Fiodorovna, surprise.

— Comment mes amants me traitent ! » gloussa Mour.

« Elle commence à perdre la tête », décida Anna Fiodorovna.

Les enfants voulaient l'accompagner jusqu'à son hôtel. Il était descendu non loin de chez eux, dans l'ancien « Baltchouga » métamorphosé ces dernières années en quelque chose d'absolument magnifique, dans le genre du pont en cristal qui, sur un mot magique, relie une rive à l'autre le temps d'une nuit.

« Non, on va considérer qu'on s'est déjà dit au revoir ! » déclara-t-il avec une fermeté inattendue, et Gricha, qui avait l'habitude de pleurnicher au moindre prétexte et d'obtenir ce qu'il voulait, se soumit aussitôt.

Marek s'enveloppa le cou de son écharpe d'un rouge insupportable et embrassa encore une fois les enfants avec autant de naturel que s'il n'avait pas fait leur connaissance cinq jours plus tôt. Puis il décrocha du portemanteau la pelisse d'Anna Fiodorovna, tout usée sur le devant, et dit de son ton sans réplique :

« Viens faire un bout de chemin avec moi. »

Anna Fiodorovna obtempéra sans savoir pourquoi, alors qu'une minute plus tôt elle ne songeait même pas à sortir dans la rue avec lui. Sans un mot, elle s'introduisit dans sa pelisse et se couvrit la tête d'un foulard d'Orenbourg dont on lui avait fait cadeau. Elle acceptait les présents si on lui en apportait, des boîtes de chocolats, des livres, des enveloppes avec de l'argent. Elle les prenait et remerciait avec réserve. Mais elle ne fixait jamais de prix pour ses opérations, c'est-à-dire qu'elle se comportait en cela exactement comme son défunt père. Ce dont elle ne se doutait pas.

Dans la rue, il la prit par le bras. Quittant la ruelle Lavrouchinski, ils débouchèrent sur la rue Ordynka. Tout était propre, blanc et désert. Les rares passants se retournaient sur cet étranger efflanqué juste vêtu d'un veston clair, qui se promenait sans se presser au bras d'une citoyenne plus très jeune engoncée dans une grosse pelisse, dont on ne voyait pas quel rapport elle pouvait bien avoir avec lui : elle avait l'air trop distingué pour une femme de ménage, trop vieille et trop mal fagotée pour être son épouse.

« Quelle ville magnifique ! Je ne sais pas pourquoi, dans mes souvenirs, elle est toujours sombre et sale...

— Elle a plusieurs visages... » répondit poliment Anna Fiodorovna.

« Pourquoi es-tu venu tout chambouler et perturber tout le monde ? » songea-t-elle. Mais elle ne le dit pas.

« Si on allait quelque part ? proposa-t-il.

— Où cela ? En pleine nuit ? fit-elle surprise.

— Il y a plein de bars nocturnes. Non loin d'ici, il y a un merveilleux petit restaurant, on a déjeuné là avec les enfants, hier...

— Non, tu dois te lever à l'aube, demain ! » dit Anna Fiodorovna en déclinant son offre.

Marek partait par le vol du matin et elle-même devait se lever à six heures et demie. Cette allusion au lendemain la tranquillisa. Il allait partir, les choses rentreraient dans l'ordre, toute cette excitation familiale allait prendre fin...

« Je veux inviter les enfants en Grèce cet été. Tu n'as rien contre ?

— Non...

— Tu es un ange, Aniéla... La plus grande perte de ma vie... »

Anna Fiodorovna se taisait. Pourquoi était-elle sortie avec lui ? Par habitude, à cause de toutes ces années de soumission. Elle aurait dû refuser...

Il perçut son agacement et saisit ses moufles duveteuses entre ses gants fins :

« Anna, tu crois que je ne vois rien, que je ne comprends rien ? L'expérience de l'émigration est dure, très dure. Et j'en ai connu trois. Du polonais au russe, du russe à l'hébreu, et, ces quinze dernières années, l'anglais... Chaque fois, on recommence tout de zéro, par le b.a.-ba. Il y en a eu, des choses ! J'ai fait la guerre, j'ai connu la faim, et même la prison... »

Quel gentil garçon c'était, quand il était un étudiant de troisième année, rien à voir avec les robustes mâles qui interprétaient le fringant rituel de l'accouplement autour de sa mère. À l'époque, du fait de ses obligations universitaires, elle animait un cercle d'étudiants, et leur amour était né parmi les cônes et les bâtonnets. Pendant longtemps, elle avait soigneusement caché leurs relations à tout le monde. Cela la gênait qu'il soit si jeune. Mais c'était justement sa jeunesse, l'absence en lui de chair agressive, qui l'avait inconsciemment attirée. Il avait une poitrine blanche dénuée de poils et, à gauche, près du mamelon, toute une constellation de grains de beauté, la casserole de la Grande Ourse. Il avait été le seul homme de sa vie, mais jamais elle n'avait regretté ni le fait qu'il ait été le seul, ni le fait que cela ait été lui... Elle avait toujours su que son mariage était un hasard. À seize ans, elle avait décidé qu'elle ne se marierait jamais : elle ne trouvait rien de plus repoussant que les roucoulements, le rire excité et les gémissements prolongés qui venaient de la chambre de sa mère. Cette traque éternelle, ce rut... L'espace d'une seconde, elle bascula dans cette impression d'enfance si intense de la souillure indélébile du sexe, quand elle était gênée de regarder n'importe quel couple marié, car, immédiatement, surgissait la vision de deux personnes suantes et gémissantes s'adonnant à cette activité répugnante... Quelle merveille d'être une nonne en blanc, pure, sans tout ça... Mais quel bonheur tout de même que Katia existe...

Marek parlait, parlait, mais cela glissait sur elle sans la toucher, comme la neige. Et soudain, elle redescendit sur terre en entendant ses mots hésitants :

« ... c'est un vrai miracle, la façon dont une malédiction se transforme en bénédiction. Ce monstre, ce génie de l'égoïsme, cette Dame de pique, elle les a tous anéantis, tous enterrés... Comment fais-tu pour supporter ça ? Tu es vraiment une sainte...

— Moi ? Une sainte ? »

Anna Fiodorovna s'arrêta net, comme si elle avait heurté un poteau.

« Elle me fait peur. Et puis, il y a le devoir. Et la pitié... »

Il approcha son visage, et elle se rendit compte qu'il n'était pas si jeune que ça, il avait une peau de vieillard avec de minuscules rides effilées et des taches de vieillesse sous son hâle des quatre saisons.

« Qu'est-ce que je peux faire pour t'aider ? »

Elle fit un geste désinvolte de sa moufle grise.

« Raccompagne-moi jusqu'à la maison. »

Marek téléphonait de son Johannesburg bien plus souvent que ses amies de Sviblov. Gricha attendait ses appels avec passion : il fondait sur le téléphone tel un faucon et criait à tout le monde sans distinction : « Marek ? C'est toi ? » Lénotchka ne faisait plus que de l'anglais et s'exerçait au départ. Un besoin d'activité qui n'était nullement dans sa nature autrefois s'était soudain éveillé en elle, et elle se penchait avec compétence et minutie sur le choix du lieu de ses futures études. Même Katia, toujours placide et un peu endormie, attendait de vagues changements liés d'une façon ou d'une autre à l'apparition de son père, et semblait s'être un peu refroidie envers son mystérieux ami qui, en revanche, commençait à parler mollement d'une éventuelle rupture avec sa famille.

Marek s'employa avec enthousiasme à honorer ses promesses de Noël. Les premières hirondelles furent des chaussures d'allure parfaitement orthopédique à l'intention de Mour. Elles étaient d'une laideur exceptionnelle et d'un confort sans doute tout aussi exceptionnel. Elles leur furent apportées directement à la maison par le secrétaire, ou presque, de l'ambassade d'Israël qui était un vieil ami de Marek. Mour ne les essaya même pas, elle se contenta de pincer les lèvres. Ces chaussures avaient des talons d'écolière et des sortes d'élastiques pour vieillards, or, ces soixante-dix dernières années, Mour n'avait porté que des escarpins aux talons élégants, dans la mesure où le permettait la mode du moment.

La paire de chaussures fut suivie de deux petits ordinateurs dont la taille était inversement proportionnelle au prix. Il s'était également préoccupé de jeux informatiques pour Gricha. Lénotchka n'avait pas encore eu le temps de se remettre de la caméra pour amateurs qu'il avait laissée en partant et de savourer le raccourci du monde si particulier que l'on découvrait par le viseur, qu'elle était déjà rattrapée par un nouveau cadeau réclamant l'apprentissage accéléré de tout ce qu'il était possible de faire avec son aide enchantée.

Finalement, six semaines après le départ de Marek, une invitation arriva de Thessalonique, signée par une certaine Évangélia Daoula, une amie intime de la femme de Marek, dont tout ce qu'on savait, c'était qu'elle avait une amie grecque qui envoyait des invitations.

L'invitation était rédigée de telle manière qu'ils pouvaient venir à n'importe quel moment entre juin et septembre.

Gricha, qui s'était envolé au septième ciel à la seule vue de l'enveloppe avec sa fenêtre rectangulaire, gambada avec dans tout l'appartement, jusqu'au moment où il se cogna dans Mour, qui se dirigeait vers la cuisine dans son engin métallique. Il agita l'enveloppe sous son nez.

« Regarde, Mour, on va en Grèce, sur l'île Sériphos ! Marek nous a invités !

— Ridicule ! siffla Mour, qui n'accordait jamais de traitement de faveur à la jeunesse. Vous n'irez nulle part !

— Si, si, on ira ! » criait Gricha en sautillant d'excitation.

Mour détacha alors une main de la barre de son déambulateur, et brandit devant le visage de son petit-fils de huit ans un poing d'où dépassait un superbe pouce à l'ongle rouge vif. De l'autre main, elle arracha prestement l'invitation au garçon interdit, qui ne s'attendait pas à une attaque aussi hardie. Accoudée à la balustrade de sa machine, elle froissa l'enveloppe en une boule de papier compacte, comme un gros flocon de neige, et la lança droit sur la porte d'entrée.

« Salope ! Espèce de garce ! » hurla Gricha en se précipitant vers la porte.

Katia bondit de sa chambre et empoigna son fils, sans comprendre ce qui se passait entre sa grand-mère et lui. Gricha aplatissait un papier et continuait à hurler des mots inattendus :

« Espèce de sale garce ! Vieille conne ! »

Baissant tristement ses paupières, Mour s'adressa à sa petite-fille sur un ton de doux reproche :

« Emmène ton petit poison, ma fille ! Les enfants, vois-tu, ça s'élève ! »

Et elle se dirigea vers la cuisine dans un grincement de roulettes.

Katia, qui n'avait toujours pas compris quel papier Gricha en larmes était en train de tirailler, traîna le garçon dans la chambre, où des sanglots résonnèrent encore un bon moment.

Ce jour-là, Anna Fiodorovna rentra du travail plus fatiguée que d'habitude ; il y a des choses qui épuisent davantage que le travail. On avait amené une fillette dans un état grave. Il n'y avait pas de médecin au profil et aux qualifications requis dans le service pédiatrique. La fillette, qui avait l'âge de Gricha, avait des lésions internes. L'opération avait été très pénible.

Tout en rangeant dans son étui l'appareil à mesurer la tension, Anna Fiodorovna se demandait d'où Mour tirait son énergie. Avec une tension pareille, elle aurait dû éprouver une somnolence, de la faiblesse... Or là, on avait de l'agressivité, des réactions décuplées. Sans doute d'autres mécanismes entraient-ils en jeu. Ah, la gérontologie...

« Mais tu ne m'écoutes pas ! À quoi penses-tu ? Je suis contre, tu m'entends ? Je ne suis jamais allée en Grèce, moi ! Ils n'iront nulle part ! »

Mour secouait Anna Fiodorovna par la manche.

« Mais oui, mais oui, maman, bien sûr !

— Quoi, bien sûr ? Qu'est-ce que tu marmonnes ? glapit Mour.

— On fera comme tu voudras », dit Anna Fiodorovna d'un ton apaisant.

« Non, ma chère, cette fois, c'est non ! » résolut fermement Anna Fiodorovna. Pour la première fois de sa vie. Le mot « non » n'avait pas encore été prononcé à voix haute, mais il existait déjà, il commençait déjà à pointer, comme une faible pousse. Elle décida de mettre tout simplement sa mère devant le fait accompli de l'insubordination familiale et de n'engager aucune discussion préalable sur ce thème. On ne pouvait que subodorer la tempête que déclencherait cet insecte transparent lorsqu'il découvrirait que les enfants étaient partis.

Début juin, les passeports étaient prêts et les visas obtenus. Les billets à destination d'Athènes étaient réservés pour le 12 juin. Conformément à la subtile stratégie d'Anna Fiodorovna, le départ pour la datcha était fixé au même jour. Tout avait été mis au point jusqu'aux plus menus détails : le matin, Katia partirait pour Cheremetievo avec les enfants, ce qui ne devrait susciter aucun soupçon, étant donné qu'elle partait toujours pour la datcha en avance afin de préparer la maison pour l'arrivée de Mour. Une voiture avait été commandée pour midi afin d'emmener Mour et Anna Fiodorovna à la datcha. Cette dernière espérait que le branle-bas du déménagement amortirait le choc, d'autant que les préparatifs de départ pour la datcha masqueraient fort opportunément l'évasion criminelle. Gricha et Lénotchka explosaient littéralement d'impatience, surtout Gricha. Ce grand-père à demi grec tombait à pic. Tous ses camarades de classe étaient déjà allés à l'étranger, il était quasiment le seul à n'avoir jamais été emmené plus loin que Krasnaïa Pakhra. Le grand-père lui-même, avec ses cheveux blancs et bouclés, debout à bord d'un yacht tout blanc, avait été exhibé devant toute la classe et compensait avec succès l'absence de père.

La nuit qui précéda le départ, Anna Fiodorovna et Katia ne dormirent presque pas. Au petit matin, Marek téléphona, il leur dit de ne pas prendre trop de choses, qu'en Grèce, comme chacun sait, on trouvait tout, qu'il les attendait avec impatience et qu'il viendrait les chercher à l'aéroport.

À sept heures et demie, Mour réclama son café. Le café du matin était servi avec du lait, tandis qu'après le déjeuner, il devait être noir. Anna Fiodorovna aida sa mère à s'habiller et fit le café. Sur quoi elle s'aperçut que le carton de lait, dans le réfrigérateur, était vide. Ça, c'était encore la pagaille de Lénotchka, elle fourrait tout le temps des cartons vides dans le réfrigérateur. Il était près de huit heures. Le taxi pour Cheremetievo était commandé pour huit heures et demie.

Pieds nus dans ses mules et vêtue de la robe bleue qu'elle portait à la maison, Anna Fiodorovna se glissa dehors et courut chercher du lait rue Ordynka. Cela ne lui prendrait pas plus de dix minutes. Elle partit au petit trot, mais ralentit soudain le pas. La matinée était exceptionnelle : une lumière vaporeuse et légèrement bleutée, un ciel chatoyant comme l'iris d'un œil énorme du bleu le plus pur, et la verdure toute propre du square bien nettoyé près de la douillette église ronde de Tous-les-Affligés, où elle se rendait de temps en temps. Elle fit le trajet lentement, en prenant son temps, comme si rien ne la pressait. La vendeuse Galia, une Tatare de Moscou qui avait travaillé toute sa vie dans les magasins du quartier, la salua affectueusement. Quinze ans auparavant, Anna Fiodorovna avait opéré sa belle-mère.

« Comment va Sophia Akhmétovna ? »

C'était fou comme, avec une telle quantité de dents en or, un sourire pouvait être timide et enfantin....

« Elle est devenue complètement sourde, elle n'entend plus rien. Mais elle voit ! »

Anna Fiodorovna prit le carton dc lait froid. Dans un quart d'heure, les enfants s'en iraient, et dans deux heures, Mour découvrirait qu'ils étaient partis. Il était probable que cela se produirait à Pakhra. Elle se représenta les yeux de Mour devenus tout blancs, sa voix douce et rauque se transformant en un hurlement sonore et glacé. Les débris de vaisselle cassée. Les jurons les plus affreux, les plus insupportables, ceux qui sortent d'une bouche de femme... Et soudain, comme si cela avait déjà eu lieu, elle se vit elle, Anna, levant sa faible main et giflant la vieille joue fardée à toute volée, avec délices... Et ce qui se passerait ensuite n'avait absolument aucune importance.

Il y avait dans l'air un merveilleux sentiment de liberté, de victoire et de triomphe, et la lumière était d'une clarté si intense, si incandescente... Mais elle s'éteignit d'un seul coup. Anna Fiodorovna n'eut pas le temps d'en prendre conscience. Elle tomba en avant sans lâcher le carton de lait froid, et les mules légères glissèrent de ses pieds solides à la stabilité toute germanique.

À ce moment-là, Mour se déchaînait déjà.

« Mais il n'y a que des fainéants dans cette maison ! Vous êtes donc incapables d'acheter une bouteille de lait ? »

La colère donnait à sa voix des sonorités transparentes.

Katia regarda l'heure : il restait un quart d'heure jusqu'à l'arrivée du taxi. « Où est passée maman ? » se demandait-elle. Mais il n'y avait rien à faire, et elle partit chercher du lait.

La vendeuse Galia courait en tous sens sur le trottoir. Il y avait un maigre attroupement près de l'entrée du magasin. Là, sur le trottoir, gisait une femme avec une robe bleue constellée d'étoiles. L'ambulance arriva au bout de vingt minutes, mais il n'y avait plus rien à faire.

Katia, serrant contre sa poitrine le carton de lait encore froid, se répéta « le lait, le lait, le lait... » jusqu'au moment où on l'envoya chercher le passeport de sa mère. Et, tout en approchant de la maison, elle se répétait « le passeport, le passeport, le passeport... ».

À la maison, elle tomba au beau milieu d'une scène épouvantable. Le chauffeur de taxi, après les avoir attendus en bas pendant vingt minutes, comme convenu, était monté afin de savoir pourquoi les passagers pour Cheremetievo ne descendaient pas.

Gricha, frémissant d'impatience comme un chiot avant sa promenade du matin, avait hurlé d'une voix ravie :

« Hourra ! On va à Cheremetievo ! »

Oscillant à l'intérieur de sa cage métallique, Mour était sortie dans le vestibule et avait deviné qu'on voulait la berner. Elle avait oublié aussi bien le café que le lait. En des termes que même le chauffeur n'entendait pas tous les jours de sa vie, elle avait déclaré que personne n'irait nulle part, et que le chauffeur pouvait aller se livrer à des occupations qui avaient suscité chez ledit chauffeur — un jeune gars diplômé d'un institut de théâtre — une excitation purement professionnelle, et il s'était appuyé contre le mur pour savourer cette représentation inattendue.

« Où est-elle, cette c..., cette espèce de punaise ? Alors comme ça, elle voulait me tromper ? »

Elle leva en l'air une main osseuse, et la manche de son vieux kimono précieux glissa, dénudant un os décharné qui, si l'on en croit Ézéchiel, devait un jour se vêtir d'une chair nouvelle.

Katia s'approcha de Mour et, levant sa faible main, elle gifla la vieille joue pas encore fardée à toute volée, avec délices. Mour vacilla dans sa cage, puis s'immobilisa, s'agrippant aux bords de cette dunette à partir de laquelle elle avait régenté la vie de toute la maison ces dix dernières années, depuis sa fracture du col du fémur, et dit distinctement d'une petite voix :

« Et alors ? De toute façon, on fera ce que je veux... »

Katia passa devant elle, entra dans la cuisine, ouvrit le carton et versa le lait dans le café qui avait refroidi.

UN SI GENTIL GARCON

À l'époque où Humbert Humbert[1] se languissait de sa bien-aimée impubère et échafaudait des plans inhumains pour épouser la pauvre Haze, à l'autre bout du monde, un professeur solitaire enseignant la philosophie (ou du moins la science qui revendiquait ce nom), atteint lui aussi d'un mal d'amour allant à l'encontre des normes communément admises, se mariait avec une dame qui, même dans ses rêves les plus fous, n'aurait pu prétendre à un aussi brillant parti. À dire vrai, Antonina Ivanovna n'avait rien d'une dame et ne pouvait être considérée comme une femme qu'à l'extrême rigueur. Elle relevait à cent pour cent de la catégorie des mémères et travaillait en ce temps-là comme « infirmière d'entretien », lingère, disait-on autrefois, dans le service de cardiologie où Nicolaï Romanovitch, le professeur en question, avait été admis pour le traitement de son angine de poitrine.

Antonina Ivanovna, une grosse dondon toute molle tenant moins de la poule que de la dinde grisâtre, qui

1. Héros du roman de Nabokov *Lolita*.

allait en s'évasant vers le bas depuis sa petite tête jusqu'à ses pieds grassouillets, une divorcée qui buvait en douce, vivait dans neuf mètres carrés avec un fils en bas âge. Son salaire était des plus insignifiants et elle commettait de menus larcins dans la mesure de ses possibilités, tout en ayant honte d'elle-même. Bref, c'était une femme correcte. Au début du mois de janvier, en raison des vacances scolaires, elle amena son petit garçon à son travail, et l'éphèbe aux cheveux pâles relégué dans la lingerie, dont le front tout blanc, hérissé d'un duvet blond à la racine des sourcils, émergeait derrière le dos de sa mère, frappa le professeur en plein dans son cœur malade et dépravé.

Nous laissons aux psychanalystes et aux Pères de l'Église les éventuels commentaires sur le lien entre les deux phénomènes de la maladie et du péché, sur leurs subtils rapports et convergences : les uns comme les autres s'en sont donné à cœur joie dans ces dangereux pâturages.

Nicolaï Romanovitch arpentait le couloir de l'hôpital pendant des heures en glissant un œil par la porte entrebâillée de la lingerie, et son regard à l'affût surprenait tantôt un petit coude pointu en pull bleu marine reprisé dérapant légèrement sur une table (le garçon dessinait), tantôt des fragments de linge d'hôpital jauni par les stérilisations. Mais voilà que soudain, dans la trouée de la porte, surgissait, grandeur nature, une créature radieuse et pleine de grâce, un véritable enfant de harem, juste un tout petit peu trop jeune, peut-être, il lui manquait encore deux ou trois ans. Douze ans, l'âge le plus délicieux...

Le garçon prenait parfois ses repas dans la salle à

manger réservée aux malades valides et s'asseyait à la petite table du coin, là où les médecins mangeaient sur le pouce. Le dos bien droit, sérieux, craintif. Nicolaï Romanovitch avait examiné de près ses yeux bleu pâle, qui louchaient légèrement quand il regardait vers la droite, et ses cils blanchâtres et touffus comme une graine de pissenlit bien mûre.

« Tonia ! Tonia ! » criait l'infirmière en chef à la lingère en jetant un coup d'œil dans la salle à manger, et Antonina Ivanovna répondait d'une voix molle et caressante :

« Oui-da ! »

C'est justement au son de cette voix que Nicolaï Romanovitch avait eu une illumination : et s'il essayait d'organiser sa vie autrement... Voilà une femme d'intérieur, une intendante, une infirmière... Sur la base d'un contrat loyal : donnant donnant.

Nicolaï Romanovitch allait sur ses cinquante-cinq ans, un âge respectable. Donc, entendons-nous bien, ne pas s'attendre aux plaisirs du lit ni compter dessus ; en revanche, une pièce indépendante, une totale sécurité matérielle et, cela va de soi, du respect. De votre côté, honorable Xanthippe Ivanovna, les travaux domestiques et la garde du foyer, autrement dit, la lessive, la cuisine, le ménage. Quant à votre fils, je l'adopterai, je l'élèverai de mon mieux. Je lui ferai faire des études. Oui, de la musique, de la gymnastique... Un Ganymède aux pieds légers, fleurant bon l'huile d'olive et la jeune sueur... Chut, doucement, surtout, ne pas effaroucher la superbe mélodie. Petit à petit, miraculeusement, voilà que grandirait sous son toit un enfant délicat qui se métamorphoserait en jouvenceau... Un ami, un disciple, un amant... Et durant ces jours d'alcyon, il bâtirait d'un bec diligent le nid de son bonheur futur.

Antonina la lingère fut d'abord perplexe : quelle drôle d'idée ! Mais le bonheur est comme le vent, il va et il vient sans rendre de compte. C'était une aubaine : une pièce de dix-huit mètres carrés et demi avec balcon, au quatrième, des fenêtres sur cour, un immeuble chic rue Gorki, rempli d'acteurs, de généraux, de tout ce qu'on veut. L'aisance, du solide. Lui, il n'est pas regardant : généreux pour la nourriture, et quelle nourriture, ça vient tout droit du Kremlin, mais il ne veut pas qu'on le dise. Jamais il ne réclame la monnaie. Et propre avec ça, il change de linge tous les trois jours et de chaussettes presque tous les jours. Il barbote dans la salle de bains comme un canard et, tous les samedis, il passe quand même la moitié de la journée aux bains. Toujours impeccable, il cire lui-même ses chaussures et repasse lui-même ses pantalons. Vous ne sauriez pas le faire, qu'il dit. À ses amies qui s'intéressaient beaucoup à la chose, elle répondait en toute candeur : pour le reste, non, ça, je ne peux pas dire. Mais ça fait tant d'années que je suis au régime sec, que voulez-vous... J'ai l'habitude, depuis le temps ! Non, vraiment, je me demande pourquoi j'ai autant de chance, et puis il s'occupe de Slava comme s'il était son propre père... Mais pour être franche, avec moi, c'est plutôt motus et bouche cousue. D'ailleurs, si on y réfléchit, de quoi est-ce qu'il pourrait bien parler avec moi ? C'est qu'il est cultivé, un professeur, c'est tout dire...

Sur ce dernier point, il faut reconnaître qu'elle ne se trompait pas : c'était un homme cultivé et un professeur. Les spécialistes de philosophie antique, comme les chiens de race, avaient du mal à survivre sur la maigre ration du socialisme. Mais Nicolaï Romanovitch s'était justement trouvé là une plate-bande sur laquelle il avait planté, arrosé et fumé un pied d'esthétique marxiste-léniniste, car il avait eu le temps d'achever ses études à la veille de la Révolution et avait même failli présenter un doctorat sur le thème « L'essence de la dialectique platonicienne selon Albinus ». C'était le mot magique de « dialectique » qui lui avait ouvert les portes royales menant à une vie nouvelle, autrement dit à l'Académie socialiste, avec le poste de professeur de philosophie antique. Il était le seul, à l'Académie, à posséder le grec ancien et le latin, aussi ses supérieurs les plus haut placés, y compris Lounatcharski[1], l'utilisaient-ils constamment en tant que « citateur », si bien qu'il avait passé des décennies à tripoter tantôt Platon et Aristote, tantôt Kant et Hegel, cherchant la solution juste et scientifique des problèmes esthétiques dans lesquels tous ces savants prémarxistes s'étaient empêtrés comme des chiots aveugles. Il avait acquis une telle pratique des théories sur l'art et des critères artistiques que pas un seul arrêté du Comité central du Parti communiste dans les domaines culturel et artistique n'était rédigé sans son concours, qu'il s'agît de *La grande amitié*, l'opéra de Vano Mouradeli, ou de *Lady Macbeth de Mtsensk*, de Chostakovitch. Il ne souffrait pas le moins du monde de dédoublement : tel un guide de montagne expérimenté, la souple dialectique l'accompagnait de ses louvoiements dans les passages les plus suspects.

1. Commissaire du peuple à l'Éducation.

Et pourtant, Nicolaï Romanovitch, hélas! servait deux maîtres. Son second maître, impérieux et secret, était sa malheureuse attirance pour le sexe masculin. Depuis son plus jeune âge, elle lui comprimait le crâne, faisait monter sa tension artérielle et lui donnait des battements de cœur. Le redoutable article cent vingt et un était suspendu au-dessus de sa tête. Pas un seul ennemi du peuple, vrai ou prétendu, pas un seul opportuniste ou opposant n'éprouvait une terreur aussi absolue que ceux qui vivaient sous la menace de cet article d'allure assez anodine. C'était une véritable société secrète, réelle et non imaginaire, d'hommes qui se reconnaissaient dans la foule à une langueur dans le regard, à une appréhension dans le pli des sourcils, comme les francs-maçons avec leurs signes secrets et leur poignée de main spéciale. Le siècle de plomb qui avait succédé au siècle d'argent avait dispersé de par le monde les jouvenceaux raffinés, les collégiens vicieux et les jolis novices, ne laissant à Nicolaï Romanovitch et à ses semblables que de dangereuses liaisons avec des jeunes gens cupides et féroces, avec lesquels il fallait rester sur ses gardes car ils pouvaient trahir, démasquer, calomnier, envoyer en prison... Une seule fois, durant sa vie d'adulte, Nicolaï Romanovitch avait connu une relation durable et profonde avec un jeune historien, un garçon d'une excellente famille, mort sur le front, mais qui, avant de mourir, l'avait martyrisé par d'outrageantes lettres de psychopathe bourrées d'allusions insultantes.

Le petit Slava ouvrait une ère nouvelle dans la vie de Nicolaï Romanovitch. Le rêve le plus cher du professeur promettait de se réaliser : il allait former un amant rien que pour lui-même, et l'amour de son maître éclairé serait à l'enfant d'une grande utilité, oh oui ! d'une judicieuse utilité. Il le modèlerait à son image, l'élèverait dans la tendresse et la chasteté. Il serait un véritable pédagogue, c'est-à-dire un esclave prêt à donner sa vie pour préserver et éduquer son bien-aimé.

« J'en fais le serment ! » se disait Nicolaï Romanovitch en se penchant sur le petit garçon endormi qui vivait à présent sous son toit, dans la chambre de sa mère, il est vrai, sur un divan recouvert de peluche orange pâle, à la lueur vacillante d'un lampadaire joufflu.

« Tu es un si gentil garçon... » murmurait Nicolaï Romanovitch en le bordant.

À cette heure tardive, Antonina Ivanovna était autorisée à boire quelques gouttes d'alcool pour s'endormir. Sous la surveillance de Nicolaï Romanovitch et avec modération. De fait, c'était un vrai pédagogue, il avait l'œil à tout.

Dès la première année de leur vie commune, Nicolaï Romanovitch inscrivit le garçon à une école de musique, dans la section des instruments à vent. Il ne devint pas flûtiste, mais entra dans la musique comme chez lui ; son don consistait justement en ce qu'il écoutait la musique comme un dieu. Si bien que même dans ce domaine subtil, Nicolaï Romanovitch s'était trouvé un partenaire : le beau-père et le beau-fils se rendaient à présent ensemble au conservatoire pour s'y délecter de l'art qui se prête le moins à l'analyse du point de vue de la lutte des classes.

Leur couple était devenu l'un des piliers du conservatoire de l'époque : un homme âgé, distingué, avec de grosses lunettes sur son visage menu, et un adolescent gracile aux cheveux blonds soigneusement coupés, vêtu d'un pull noir, le col de sa chemise de pionnier blanche rabattu sur son encolure ronde. Les mélomanes homosexuels moscovites (encore une mystérieuse corrélation qui reste à déchiffrer) grimaçaient d'envie quand Nicolaï Romanovitch achetait au buffet deux limonades et deux gâteaux. Mais il n'avait pas fait l'objet de dénonciations, l'époque était trop terrible.

En ces années-là s'était formé autour du conservatoire un cercle d'initiés, sans frontières définies, mais avec des visages reconnaissables et remarquables. Outre les coreligionnaires secrets de Nicolaï Romanovitch et les amateurs ordinaires, ce cercle attirait aussi des professionnels, bien entendu. Et quelques condisciples de Slava à l'école de musique. Comme par exemple la petite Génia, une jeune violoncelliste qui venait généralement avec son père ou sa mère. Elle n'arrêtait pas de chuchoter à l'oreille de Slava et de le tirer par la manche pour l'entraîner à l'écart...

« Elle est gentille, cette petite, disait Nicolaï Romanovitch à son pupille, mais elle a vraiment un physique ingrat. »

Or, ce n'était pas le cas. Le physique de la jeune fille était tout à fait acceptable : des yeux sombres, des boucles, un bandeau à carreaux. Le cœur de Nicolaï Romanovitch s'était simplement serré un instant d'une jalousie noire. Nous n'avons pas besoin de ces filles. Il possédait du reste tout ce dont pouvait rêver Humbert Humbert : une enfance dorée qui se muait sous ses yeux en adolescence, l'amitié respectueuse de son disciple, une réciprocité totale et confiante, soigneusement cultivée par un maître qui s'avérait posséder le génie des tendres attouchements, des souffles légers et des gestes furtifs.

À l'âge de soixante-cinq ans, pendant son sommeil et dans son lit, Nicolaï Romanovitch mourut d'une thrombose de l'aorte, comme le monsieur évoqué plus haut. Il mourut rassasié de l'amour de son « gentil garçon », en accord parfait avec son « démon », sans avoir jamais lu le roman chargé du courant de haut voltage de Nabokov ni senti sa profonde parenté avec son malheureux héros.

Le petit Slava devenu orphelin, à l'époque étudiant de première année en faculté de philosophie à l'université de Moscou, se retrouva profondément désemparé à la mort de son maître. Tant que les cours se poursuivaient, que l'on décortiquait la logique et la propédeutique du matérialisme dialectique dans la vieille bâtisse de la faculté de philosophie dont les fenêtres donnaient sur l'amphithéâtre d'anatomie de l'Institut de médecine, cela pouvait encore aller; mais vinrent ensuite les vacances d'été, que Slava avait l'habitude de passer avec son tuteur dans une pension à Piarnou, et, là, il sombra dans la dépression : allongé dans le cabinet de son beau-père, il écoutait ses disques préférés, se levant à grand-peine pour les retourner ou en mettre un nouveau.

Le vieil esthète avait joué un rôle funeste : à présent, son gentil garçon ignorait comment vivre, il ne savait pas se passer de guide. Il n'avait pas d'amis. Le secret soigneusement gardé de ses relations avec son beau-père était un mur impénétrable qui l'isolait du reste du monde. Il s'était éloigné de sa mère. Il y avait longtemps qu'il la traitait comme le faisait Nicolaï Romanovitch : avec correction et de façon utilitaire. Ces quatre dernières années, il s'était réfugié avec son divan orange dans le cabinet de Nicolaï Romanovitch pour échapper aux ronflements de sa mère.

L'héritage laissé par son beau-père était considérable, fabuleux pour l'époque : une pile de livrets de caisse d'épargne, dont une partie était au porteur et l'autre nominative, accompagnée d'un testament au nom de Slava. Un seul livret gris, le plus modeste, contenant trois mille roubles, avait été légué à Antonina Ivanovna. Slava le remit à sa mère, qui sauta au plafond de joie. Elle ne s'attendait pas à une telle fortune et perdit la tête : au lieu du petit verre que lui permettait Nicolaï Romanovitch, elle se versait à présent un quart de litre, et pas seulement le soir. Vers neuf heures, elle s'endormait comme à l'accoutumée d'un sommeil inébranlable, et Slava sortait faire quelques pas, respirer l'air chargé de vapeurs d'essence et s'asseoir un instant sur un banc poussiéreux du boulevard de Tver, non loin d'un club d'échecs informel où affluaient à la tombée de la nuit des fanatiques du plateau quadrillé, retraités et génies ratés des échecs. Par une soirée étouffante, Génia la petite musicienne s'en vint flâner par là.

Génia était d'une excellente famille, musicienne jusqu'à la moelle des os, qui subissait sa musicalité comme d'autres familles subissent un mal héréditaire, l'hypertension ou le diabète. Elle comptait parmi ses ancêtres une chanteuse d'opéra italienne, un organiste tchèque et un chef d'orchestre allemand. Mais le Bach principal de la famille était le grand-père de Génia. Son nom figure encore aujourd'hui sur le tableau d'honneur des médaillés du conservatoire de Moscou, en compagnie de Rubinstein et de Scriabine.

Les dons de compositeur du grand-père n'avaient pas dépassé le niveau moyen, dans l'esprit du temps et de la culture de ces années-là. Le modernisme le fascinait, mais il n'avait reçu en partage ni l'audace d'un Debussy ni l'originalité d'un Moussorgski. Il avait été célèbre en tant qu'instrumentiste (violoncelliste), en tant que pédagogue et en tant que personnalité du monde de la musique, président de diverses sociétés et associations musicales, dispensateur de bourses pour les enfants doués et pauvres, et d'aides aux musiciens âgés. Bref, c'était un authentique intellectuel russe au sang mêlé, sans une goutte de sang russe, d'ailleurs. La famille était nombreuse, et tous étaient dans la musique : son frère aîné était un virtuose du violon, le cadet, un raté, recopiait des partitions.

Génia n'avait pas connu son grand-père : ils étaient séparés par trois décennies dans lesquelles étaient venues se loger deux guerres mondiales. Il était mort à quarante-deux ans, le même jour que l'archiduc Ferdinand, c'est-à-dire au début de la Première Guerre mondiale, et elle était née le dernier jour de la Seconde.

À titre de rébellion ou de caprice, surgissait soudain dans la famille un renégat comme l'oncle Lev, passé à la comptabilité, ou la tante Véra, qui avait trompé la musique avec l'agriculture. Le père de Génia, Rudolf Pétrovitch, était lui aussi un renégat, ayant succombé dans sa jeunesse à la tentation de la carrière militaire.

Sous sa casquette de colonel, il avait gardé toute sa vie la nostalgie de la musique, il en était fou, mais n'avait jamais touché à un instrument. En revanche, il avait décidé que sa fille reprendrait sans faute les traditions familiales, et l'avait destinée au violoncelle. Et leur maison, pleine de photos dédicacées de divers grands de ce monde, de partitions poussiéreuses et d'arrangements d'opéras pour piano non ensevelis, s'était remplie du bruit vivant des gammes et des exercices. La petite Génia promettait de devenir une véritable musicienne, Daniil Chafran en personne l'avait remarquée et prise sous son aile. La renommée de son grand-père dans le monde musical ajoutait à son charme, mais elle possédait par ailleurs un zèle et une assiduité au travail qui lui étaient propres et, dès son plus jeune âge, elle avait passé de nombreuses heures les jambes écartées, serrant entre ses genoux un violoncelle miniature, un jouet pour débutants. Elle avait grandi, et le miracle avait grandi avec elle : l'instrument s'était révélé docile, il lui suffisait de l'effleurer de son archet pour qu'il réponde par des sons veloutés si profonds qu'il n'en existait pas de plus suaves. Comment comparer à la voix du violoncelle, généreuse et souple, celle, âpre et sèche, du violon, la platitude de l'alto, ou la mélancolie monotone de la contrebasse...

Cet été-là, elle était restée seule en ville pour la première fois, ses parents étaient partis à la campagne tandis qu'elle préparait son premier concert. Tous les soirs, elle sortait faire une promenade.

En se rencontrant par hasard sur le banc du boulevard de Tver, tous deux s'étaient follement réjouis. Chacun traversait une période de solitude : pour

Génia, une solitude provisoire, mais très vive, car c'était la première fois de son existence qu'elle se retrouvait seule à la maison ; pour Slava, une solitude définitive et pour la vie, lui semblait-il. Mais ils ne parlaient que de musique. Ils avaient en outre un champ de souvenirs commun, l'école de musique de la place Pouchkine, qu'ils avaient tous deux fréquentée si longtemps et dont il ne restait plus trace à présent. À la place se dressait le monstrueux bâtiment des *Izvestia*. Les cours de solfège qu'ils avaient suivis ensemble, les chorales, les auditions... Ils bavardèrent jusque tard dans la nuit. Puis il la raccompagna chez elle, rue Spiridonovka et, en chemin, se prenant lui-même au dépourvu, il lui dit :

« Mon beau-père est mort. »

C'était la première fois qu'il prononçait ces mots à voix haute, et il fut surpris du son qu'ils rendirent. Comme si quelque chose dans l'air avait changé et que, du fait même que ces mots avaient été prononcés, Nicolaï Romanovitch était définitivement mort.

Génia, flairant quelque chose, s'émut :

« Tu l'aimais beaucoup ?

— Il était pour moi plus qu'un père... »

Il y avait dans ces paroles tant d'affliction et de noblesse que Nicolaï Romanovitch aurait pu s'en réjouir.

« Mon pauvre ! Moi, je deviendrais folle si une chose pareille arrivait à mon père ! »

Elle était si loin de la mort, avec ses dix-huit ans, qu'elle ne savait même pas prononcer le mot « mourir ».

Elle secoua la tête, chassant loin d'elle l'ombre de la

mort, et sa bouche se tordit de compassion ; mais elle lança une sottise, un enfantillage :

« Si on mangeait de la glace ? Plein, plein de glace...

— Où veux-tu trouver de la glace à une heure pareille ? répondit Slava en souriant, touché par une sympathie aussi totale.

— Chez moi, dans le réfrigérateur. Mes parents sont à la campagne, et je n'achète rien d'autre. »

La glace était délicieuse, avec des morceaux de fraise congelés ou des grains de cassis glacés ; c'était la voisine du dessous, qui travaillait comme serveuse au café *Le Nord*, qui l'avait apportée dans une casserole avec de la glace artificielle. Tous ceux qui en avaient l'opportunité volaient.

Après la glace, Génia alla chercher dans la chambre de son père un disque solennel dans une pochette noir et blanc.

« Karajan. Ça vient d'Allemagne. Je suis sûre que tu n'as jamais entendu jouer Wagner comme ça ! »

Pleine de vénération, elle déposa le disque scintillant sur le plateau du tourne-disque. Une version orchestrée de *Tristan et Isolde*. L'orchestre retentissait comme si ce n'était pas des êtres humains qui jouaient, mais des démons. Ils l'écoutèrent deux fois de suite, et c'est aux accords de cette musique piaffante, très précisément au moment de la mort d'Isolde, que Génia tomba amoureuse de Slava. Jamais elle n'avait écouté aussi bien, en aussi parfaite communion, avec personne, même avec son père. Quant à lui, toute son âme s'élançait vers elle : elle était si mignonne, si tendre, avec ses yeux noirs intelligents, ses boucles vivantes qui frémissaient sur son front...

« Quelle musique puissante, virile ! fit remarquer Génia lorsque Karajan eut fini de tonner.

— Oh oui ! » acquiesça Slava tout en se demandant avec surprise comment elle pouvait comprendre cela...

Longtemps encore, la saveur des fraises leur était restée dans la bouche, ils avaient eu les gencives agacées par les pépins de cassis, et leur âme aussi gardait l'arrière-goût laissé par le partage de cette musique tempétueuse et chamarrée.

Durant tout le mois d'août, il lui rendit visite chez elle. Tard dans la nuit, lorsque la chaleur avait diminué et que les joueurs d'échecs nocturnes se rassemblaient sur le boulevard de Tver, il rentrait à la maison de bonne humeur, sa dépression passait. Cet amalgame de sensations — la nuit sur le boulevard, Wagner et la glace fondante — était étroitement lié à Génia.

Quand l'automne arriva et que les parents de Génia revinrent en ville, les cours reprirent et ils se virent plus rarement, même s'ils passaient chaque jour des heures au téléphone à parler d'un concert de Richter ou du magnifique album sur Somov que Slava avait acheté chez un bouquiniste de l'Arbat, renouant avec l'habitude qu'avait son défunt beau-père de flâner chez les antiquaires et les libraires d'occasion avec de l'argent en poche. Nicolaï Romanovitch n'avait jamais été un véritable collectionneur, mais il s'y connaissait un peu en produits du monde matériel — il n'était pas un matérialiste convaincu pour rien.

À la fin de l'été, Génia avait eu l'impression qu'elle allait enfin vivre une véritable histoire d'amour, mais Dieu sait pourquoi, tout était resté bloqué sur une note agréable et amicale, sans se développer plus avant, bien que Génia aspirât à quelque chose de beaucoup plus considérable que des petits morceaux de fraise congelés ou des grains de cassis glacés.

Slava sentait l'attente incessante qui émanait de Génia, et il était un peu nerveux. Il tenait beaucoup à leur relation, à ce foyer si distingué dans lequel il était tombé, et à Génia elle-même, si sensible à la littérature, à la musique, et à lui, Slava. Mais il éprouvait autant d'attirance pour elle que pour un poteau électrique. Et cela, apparemment, il n'y pouvait rien.

Du haut de ses dix-neuf ans, il savait parfaitement qu'il faisait partie de cette espèce singulière et peu répandue vouée à se terrer et à se cacher, parce que de molles excroissances fourrées dans des poches de tissu le remplissaient de dégoût et étaient associées pour lui à une grosse truie blanche avec des porcelets suceurs agglutinés à sa partie inférieure, et que la configuration même des femmes, avec ce nid velu et cette fente verticale à un endroit si malséant, lui semblait terriblement peu esthétique. Était-ce lui qui l'avait deviné, ou Nicolaï Romanovitch, un esthète, qui le lui avait subtilement inculqué, cela n'avait plus d'importance désormais. Génia lui plaisait beaucoup, elle le sauvait de la solitude, mais sa langueur physique ne disparaissait pas et ne faisait que croître.

Après avoir quitté Génia, il s'asseyait généralement boulevard de Tver, toujours sur le même banc, non loin des joueurs d'échecs, et dévisageait les rares passants en se posant intérieurement la même question intimidée : était-ce lui ? Ou non ? Un jour, un bel homme grand et blond l'avait observé avec attention, et il s'était raidi de tout son corps car il lui avait semblé que ce regard était particulièrement éloquent. Mais l'autre avait passé son chemin, laissant Slava baigné d'une sueur exquise et le cœur battant. C'était bizarre, on aurait dit que ce cœur faisait écho à l'autre, celui qui souffrait d'angine de poitrine.

« En cela aussi nous nous ressemblons, constatait Slava. Mélomanes, cardiaques, esthètes... »

Il se fourvoyait, le vrai tableau était considérablement plus compliqué, mais ce genre d'erreur était parfaitement compréhensible : l'époque n'était pas encore aux supermans couverts de cuir et de chaînes en métal, aux homosexuels avec leurs boules de muscles gonflés qui regardent les « indigènes » avec dédain et mépris ; au contraire, les cow-boys étaient considérés comme des sex-symbols par la moitié féminine de l'humanité, ces créatures voraces percées d'un trou, et non comme des gardiens de vaches, des bergers aux postérieurs meurtris par des selles rudimentaires, s'adonnant à l'amour homosexuel à cause d'une totale absence de femmes dans les parages.

Slava appartenait tout entier à l'Antiquité, sous l'aspect romantique que cette période revêtait aux yeux des lettrés superficiels du XIXe siècle. Marx lui-même a bien bredouillé quelque chose à propos de l'enfance dorée de l'humanité.

Il est probable qu'avec la distance considérable de quelques millénaires, la vision s'était déformée, le paganisme le plus sanglant et le plus débridé, le polythéisme le plus éclatant, dans lequel tout ce qui existe se divinisait, s'animait et se livrait à tous les excès — les nymphes, les naïades, les satyres, les divinités les plus anodines des mares et des fossés, ainsi que les cygnes, les vaches et les aigles, les bergers et les bergères, organisant des orgies ininterrompues de copulations qui ne connaissaient aucune limite — , tout cela formait un tout baptisé, Dieu sait pourquoi, matérialisme antique. C'est dans cette erreur que consistait la foi de Nicolaï Romanovitch, et il l'avait intégralement transmise à son disciple, en même temps que sa passion foncièrement personnelle, qu'il lui avait inoculée avec prudence et patience à l'aide de doigts experts, d'une langue délicate, toute en papilles gustatives perspicaces, et d'un vieux javelot flétri.

Le disciple de ce maître de génie s'était révélé génial, et tout son corps ultrasensible défaillait à présent d'une insoluble solitude : tout en lui se mourait de désir, ses cheveux drus et clairs, sa bouche, sa poitrine et son ventre, ses cuisses et ses fesses. Et le jardin de paradis, et la rose de Sodome, comme disait Nicolaï Romanovitch. Oui, oui... La truite brise la glace[1]...

Au début du mois d'octobre, par une soirée sombre, mais encore douce, d'un été indien qui s'éternisait, Slava finit par se trouver un nouveau maître sur le boulevard de Tver. Se détachant d'un groupe de silhouettes sombres attroupées sous un réverbère qui éclairait des échiquiers, un homme d'une quarantaine d'années avec une casquette en toile, un beau visage qui pouvait être juif, et une chemise à carreaux démodée, se dirigea vers lui. Ôtant sa casquette de son crâne enflé en forme de bulbe, il s'assit à un bout du banc délabré. Tout en lui avait l'air sous pression ; ses

1. Titre du dernier recueil de poèmes de M. Kouzmine (1872-1936), poète et prosateur qui affichait son homosexualité, scandaleuse pour l'époque.

yeux saillaient légèrement dans leurs orbites et son poil jaillissait avec une force terrible, si dru que la seule clairière dégarnie était le nez. Alors que Nicolaï Romanovitch avait toujours quelque chose d'avachi, comme un ballon dégonflé. L'homme posa ses poings velus sur le bord du banc et s'adressa très librement à Slava :

« Votre visage ne m'est pas inconnu. Excusez-moi, mais vous ne jouez pas aux échecs ? »

Son cœur battit la chamade et se mit à danser sur une musique de mauvais augure. Était-ce lui ?

« Un peu. »

L'homme se mit à rire.

« Un peu... Même ma grand-mère jouait un peu... Du moins, c'était ce qu'elle croyait. Nous allons vérifier ça tout de suite. »

L'homme sortit de sa poche un petit étui en cuir et l'ouvrit. Les pièces étaient déjà disposées : de minuscules pivots pointus les maintenaient dans les trous de l'échiquier en cuir.

« À vous de jouer ! »

Slava avait les mains qui tremblaient tellement que c'est à peine s'il put saisir la pièce. Il joua un premier coup : E2-E4... Et retrouva son calme. Il n'y avait pas de doute : c'était lui. Le joueur d'échecs dégagea avec aisance une pièce noire sur son pivot pointu, la garda un instant entre le pouce et le majeur, et bougonna :

« La nuit tombe tellement tôt, maintenant... »

Et il enfonça le pion dans une case blanche.

Ce soir-là, le joueur eut l'impression que Slava avait des yeux d'un noir miroitant, comme les lunettes de soleil devenues à la mode, mais cette impression était erronée, Slava avait simplement les pupilles tellement dilatées que le bleu de l'iris était relégué tout au bord de l'œil.

« Allons terminer cette partie chez moi... Il fait trop sombre. »

Le joueur d'échecs rangea les pièces, enfonça sa casquette sur sa tête, et ils montèrent dans un trolley. Slava n'avait pas demandé s'ils allaient loin. Il palpitait tout entier d'un pressentiment ; de temps en temps, l'homme posait la main sur son genou ou sur son épaule. Ils arrivèrent sur le boulevard aux Fleurs, descendirent et tournèrent dans une ruelle peu fréquentée. Ils pénétrèrent dans le vestibule délabré d'une maison à deux étages et, tandis qu'ils montaient l'escalier, le joueur d'échecs lui dit qu'il vivait avec sa mère, qu'elle avait été une beauté dans sa jeunesse, une actrice, mais qu'elle était à présent presque aveugle et complètement folle.

L'appartement était petit et très sale. De temps à autre s'élevait de l'autre côté du mur la voix contrariée de la mère, puis elle entonna une romance. Ils ne terminèrent pas la partie. Parce qu'ils s'aimèrent. D'un amour viril, fort, que Slava n'avait que confusément pressenti jusque-là. Une odeur de vaseline et de sang. C'était exactement ce dont il avait envie, et que Nicolaï Romanovitch n'avait pu lui donner. Une nuit de noces, une nuit d'initiation, d'une volupté telle qu'elle éclipsait toutes les musiques du monde... Une nouvelle vie commença pour Slava.

*

Valita fut enterré aux frais de l'État. Nul ne sait avec certitude s'il a vraiment été enterré. Peut-être que l'on a prélevé ses organes, qu'on les a plongés dans du formol, et qu'on les a donnés à disséquer aux étudiants dont les fenêtres donnent sur les philosophes. Ou à d'autres. Mais c'est peu probable. L'expertise avait déterminé que le corps était resté quinze ou dix-sept jours dans un coin isolé du parc Izmaïlovski avant d'y être découvert par un citoyen d'allure sportive promenant son fox-terrier.

Pourquoi Evguénia Rudolfovna avait-elle prévenu la police, c'est difficile à expliquer. Depuis plus de quarante ans qu'ils se connaissaient, il avait disparu bien souvent, pour des périodes plus ou moins longues. La première fois surtout, cela avait duré particulièrement longtemps. Il en avait d'abord pris pour cinq ans, puis, une fois là-bas, on lui avait donné une rallonge, si bien qu'à l'époque, il avait disparu pendant presque dix ans. Ce n'était pas volontaire. Puis il était réapparu, il ne s'appelait plus Slava, mais Valita. C'était le surnom qu'il avait reçu. Il avait raconté certaines choses à Evguénia Rudolfovna, mais rien qui eût pu l'effrayer ou la troubler. Dans un certain sens, il la ménageait.

Ce n'était pas qu'elle aimât Slava, non, bien sûr, mais elle aimait ses souvenirs de jeunesse, et se rappelait comme elle avait été amoureuse de ce garçon blond et éthéré, comment ils écoutaient de la musique ensemble, combien il souffrait de l'imperfection des enregistrements de l'époque : Karajan avait six pianos et huit forte, mais là, tout se mélangeait... Il lui faisait de la peine, ce malheureux, ce paria qui avait perdu tout ce qu'il est possible de perdre : ses biens, ses dents, ses cheveux blonds et sa domiciliation à Moscou, qu'il avait d'ailleurs arrachée à la vie de haute lutte en épousant une ivrogne irrécupérable ; il s'était fait domicilier chez elle, dans une rue qui porte le délicieux nom de boulevard aux Cerfs. De toutes ses richesses, il ne lui restait plus que le rare talent d'écouter la musique et des mains d'aristocrate aux ongles ovales.

Depuis des années, il passait voir Evguénia Rudolfovna au théâtre, dans son vaste bureau avec, sur sa porte imposante, une plaque en cuivre : « Directrice musicale ». Ses collaborateurs le connaissaient bien, les portiers le laissaient entrer. Généralement, elle lui donnait un peu d'argent, lui préparait un café et allait lui chercher des chocolats au fond de son placard. Il adorait les sucreries. Parfois, quand elle avait le temps, elle lui mettait de la musique. Du reste, il lui avait avoué qu'il y avait longtemps qu'il n'aimait plus la musique, seulement les sons. Elle ne comprenait pas très bien ce qu'il voulait dire par là. Dans ce domaine, il s'y connaissait mieux qu'elle, qui était la directrice musicale d'un théâtre de Moscou extrêmement célèbre. C'était incontestable. Et elle le savait parfaitement.

Il ne restait pas longtemps dans son bureau, il avait honte de lui-même, comme jadis sa défunte mère Antonina Ivanovna.

Il n'était pas venu depuis deux mois, et Evguénia Rudolfovna n'avait pas pensé à lui. Et puis, un samedi soir, elle s'était rendue au conservatoire. On jouait l'opus 115 de Brahms, un quintette pour clarinettes, follement difficile à interpréter. Pendant la dernière partie, au moment où l'âme s'envole si haut qu'on se retrouve presque au ciel, elle avait pensé à Slava. Elle le revoyait dans la petite classe du fond, en train de jouer de la flûte à bec avec leur professeur Xénia Théophanovna, une grosse dame en houppelande de soie, rubiconde et vulgaire ; elle, Génia, était entrée en courant dans la classe pour une raison quelconque et s'était arrêtée net, effrayée par son propre toupet... Il y avait quarante ans de cela, dans une école de musique dont il ne restait pas une seule brique... Le morceau de Brahms s'était achevé et, avec les derniers accords, elle avait senti que Slava n'était plus.

Elle fit des recherches par l'intermédiaire des renseignements. On ne trouva Slava ni boulevard aux Cerfs ni à aucune autre adresse, et elle téléphona à la police. On se montra grossier avec elle, mais au bout d'un jour, ce furent eux qui la convoquèrent, pour l'identification. Il n'y avait rien à identifier. C'étaient des loques noirâtres, presque de la terre, une terre affreuse. Seule la main avait quelque chose d'humain, avec ses ongles ovales et racés.

Ensuite, elle eut une conversation avec le juge d'instruction. C'était un homme d'un certain âge, tout bouffi, il savait tant de choses qu'il aurait pu en savoir moins. Il ne tira rien d'intéressant d'Evguénia Rudolfovna. Le crime était de ceux qu'il n'était pas difficile d'élucider, mais la police ne s'intéressait guère aux meurtres d'homosexuels. Ils s'accumulaient, s'accumulaient, puis on les mettait sur le dos d'un maniaque déjà sous les verrous. D'ailleurs à part un maniaque, qui pouvait bien avoir besoin de tuer Valita, un homme qui ne possédait absolument rien, sinon un désir fou d'être aimé... d'être aimé par un homme... par un homme...

Chez elle, Evguénia Rudolfovna fouilla longtemps parmi les photographies de son enfance, et trouva celle qu'elle cherchait. Les autres représentaient la petite Evguénia avec son violoncelle. Mais sur celle-là, il y avait la salle de l'école pendant une audition. C'était Rudolf Pétrovitch qui l'avait prise. Au deuxième rang, on les voyait bien tous les deux, Nicolaï Romanovitch en costume gris avec une cravate rayée, et le petit Slava de douze ans, avec sa chemise de pionnier blanche au col ouvert. Un petit blondinet avec un si joli visage, un si gentil garçon... Et comme Nicolaï Romanovitch l'aimait ! Comme il l'aimait...

LA SOUPE D'ORGE PERLÉ

Pourquoi mes souvenirs d'enfance sont-ils allés se greffer à trois reprises sur cette soupe d'orge perlé ? Elle était effectivement gris perle, cette soupe, avec des chatoiements rosâtres tirant sur le rouge carotte auxquels s'ajoutait le scintillement nacré d'un pépin de sucre rond à demi noyé dans la casserole.

Le soir, après notre dîner tardif, maman versait une partie de cette soupe dans une gamelle de soldat cabossée et me la mettait entre les mains. Je descendais toute seule l'escalier du premier étage, tandis que maman restait debout sur le seuil de l'appartement à m'attendre. Je ne sais pourquoi, cette image m'est restée sous cet angle bizarre, vue d'en haut et légèrement de biais : une fillette de quatre ans descend un escalier avec précaution, vêtue d'une robe en flanelle bleu marine avec un col à carreaux et d'un tablier blanc avec un chat brodé sur la poitrine, une tenue conforme à un idéal d'avant la Révolution, celui de ma grand-mère qui estimait qu'un tablier devait être blanc justement parce que la saleté se voit mal sur du foncé ; ma grosse natte courte me rentre dans le cou par-derrière et me gêne, mais je ne peux pas la dégager car, d'une main, je porte la gamelle de soupe tiède et, de l'autre, je me tiens aux barreaux en fonte de la rampe.

Mes chaussures boutonnées dérapent légèrement sur les marches polies, c'est pourquoi je descends un pied après l'autre, comme les bébés, avec d'immenses précautions.

Je descends une marche, je me retourne et je vois maman qui m'attend patiemment à la porte et me sourit de ce merveilleux sourire qui l'enlaidit un peu.

Je soupire et je continue ma descente. En bas, dans un cagibi sous l'escalier, vit un couple de mendiants : Ivan Sémionovitch, osseux, avec un grand nez, et une petite vieille surnommée Béretka. Ils me font peur et me dégoûtent, mais il me semble que maman ne doit pas le savoir.

Il n'y a pas d'électricité sous l'escalier; parfois, ils ont une lampe à pétrole allumée, parfois, c'est le noir complet. D'habitude, Ivan Sémionovitch est allongé sur une sorte de banc recouvert de chiffons et Béretka est assise à ses pieds, vêtue d'un manteau en velours râpé et coiffée d'un béret tricoté gris-vert.

Je frappe. Pas de réponse. J'ouvre la porte avec mon dos. La lampe à pétrole fait surgir Béretka, que je ne reconnais pas tout de suite sans son béret. Je me rends compte qu'elle est chauve, ou plutôt, pas tout à fait : son visage et son crâne sont uniformément recouverts de longs poils rares et de gros grains de beauté marron. Elle sourit d'un air penaud et enfonce précipitamment son béret sur sa tête chauve.

« Oh, mon enfant, c'est toi ! Et moi qui n'entends rien... »

Je lui remets la gamelle, je sors deux morceaux de pain de la poche de mon tablier et, je ne sais pourquoi, je dis « merci »...

Béretka verse la soupe dans un bocal en verre et bredouille quelque chose d'incompréhensible, qui ressemble à « chanter, chanter »...

De sa main sale et décharnée, elle me rend la gamelle. Le vieux tousse, Béretka lui crie :

« Ivan Sémionovitch ! On vous a envoyé à manger. Allez, debout ! »

Cela sent affreusement mauvais, chez eux.

Soulagée, je remonte l'escalier en courant, maman est debout en pleine lumière, dans l'embrasure de la porte, elle me sourit. Elle porte un tablier blanc, elle a même un ruban en dentelle sur la poitrine. Maman est belle, comme une princesse. Une seule chose me tracasse : les princesses doivent avoir des cheveux blonds, or maman a de joyeuses boucles noires tirées en arrière par deux pinces.

Ces mendiants ont disparu peu avant une fête dont je me souviens très bien. Me tenant par la main, mon père m'avait promenée à travers la ville parée de ses plus beaux atours ; il y avait partout des croix rouges penchées. À l'époque, je commençais à reconnaître les lettres et j'ai demandé à mon père pourquoi il y avait écrit partout X-X-X. Il m'a tirée par la main avec agacement, puis m'a expliqué que ces croix penchées signifiaient également le chiffre trente.

Le soir même, alors que j'étais déjà au lit, j'entendis maman dire à mon père :

« Non, je ne comprends pas ! Je refuse de comprendre en quoi ils pouvaient bien déranger...

— Ils ont nettoyé la ville pour les fêtes... », expliquait mon père.

Dans la seconde histoire, la soupe d'orge perlé n'est pas le personnage principal, elle ne fait que se profiler discrètement à l'arrière-plan.

Un dimanche matin, on sonna à la porte. Une fois, puis encore une fois. Notre porte à nous était la première dans le couloir. Un coup de sonnette, c'était pour tout le monde, deux, c'était pour nous, trois, pour les Tsvetkov... et huit, pour les Kochkine.

« Ça doit être pour tout le monde ! » bougonna maman.

Elle était à genoux sur une chaise, les coudes posés sur la table. Devant elle étaient alignées des plaques avec des chiffres bleus, rouges et entourés d'un cercle. Quand elle travaillait, deux minuscules rides formaient un petit arbre entre ses sourcils.

Elle bondit de sa chaise et, emportant avec elle ses pensées soucieuses sur son front bombé et intelligent, elle alla ouvrir.

Une énorme femme sombre se tenait sur le seuil. Elle avait un long pardessus militaire qui descendait jusqu'à terre et une raie d'un blanc éclatant sur sa grosse tête ronde.

Maman la regardait, attendant qu'elle se présente, et la femme ne déçut pas son attente : elle ouvrit son pardessus et exhiba un énorme corps nu. Cette vision me coupa le souffle : les seins pendaient très bas et se terminaient par des mamelons presque aussi gros que des soucoupes ; le nombril avait la taille d'une tasse, il était protubérant et sombre, lui aussi, et une profonde cicatrice inégale zébrait le ventre au-dessus d'une barbiche triangulaire de poils décolorés ; tout cet ensemble formait un terrible visage de géant et non un corps de femme.

« On a tout perdu dans un incendie ! Tout a brûlé, absolument tout... C'est comme je vous le dis... » déclara la femme d'une voix douce qui n'avait rien de moscovite, et elle referma son manteau sur le terrible visage de son corps.

« Mais entrez, entrez donc ! » dit maman, et la femme entra en regardant autour d'elle.

Le vestibule de notre appartement habité par plusieurs familles était encombré de malles, de cuves, de bûches et d'armoires.

« Je reviens tout de suite ! dit maman avec un empressement soudain. Mais asseyez-vous donc ! »

Et elle retira une caisse posée sur la chaise viennoise coincée entre la malle des Tsvetkov et une étagère appartenant aux Tichkov.

Maman se précipita dans notre chambre, ouvrit le tiroir du bas de l'armoire, s'assit devant, et se mit à chercher dans notre vieux linge quelque chose qui pourrait aller à la sinistrée. Elle jeta par terre deux paires de caleçons de mon grand-père et courut dans la cuisine. Elle alluma le réchaud, posa une casserole dessus et se précipita de nouveau dans la chambre.

La femme était assise sur la chaise et n'arrêtait pas d'examiner le portemanteau crochu des Koudrine, auquel étaient suspendues une veste matelassée et une vareuse.

Maman sortit tout ce qui se trouvait sur les étagères de l'armoire et tria ses affaires de ses doigts rapides.

Elle n'était pas très grande, et tous ses vêtements étaient trop petits, mais elle trouva ce qu'elle cherchait : la jupe en lainage de grand-mère et une vieille blouse immense, en batiste jaunie.

De nouveau, elle courut dans la cuisine, et je me précipitai derrière elle, car j'avais peur de rester toute seule avec le géant que la dame cachait sous son pardessus.

Tsvetkov, un voisin, mit le nez dans le couloir.

« Ils ont tout perdu dans un incendie ! » lui dit maman d'une voix coupable, mais il claqua aussitôt sa porte.

Maman remplit une grande gamelle de la soupe d'orge perlé chatoyante, coupa une tranche de pain gris et porta le tout à la sinistrée.

« Tenez, en attendant, mangez cela ! » dit-elle à la femme qui prit la gamelle. « Oh, mais vous n'êtes pas bien, comme ça ! » ajouta-t-elle en s'affolant.

Elle alla chercher un journal, le déplia sur la malle des Tsvetkov recouverte d'un tapis bleu et rouge et fit asseoir la femme à cette sorte de table.

« Que Dieu te donne la santé ! » dit la femme, et elle se mit à manger la soupe.

Par la fente de la porte mal fermée, je la regardais manger la soupe d'orge perlé dans laquelle elle éparpillait des bouts de pain, elle maniait sa cuillère d'un air ennuyé en regardant autour d'elle.

Elle n'avait pas de dents.

« Ses dents ont dû brûler, elles aussi », me suis-je dit. Et encore : « Elle non plus, elle n'aime pas la soupe d'orge perlé. »

Maman fourrait dans un baluchon un caleçon en

soie couleur saumon avec des rapiéçages pareils à des pelures d'oignon, et disait tout bas, s'adressant à moi ou se parlant à elle-même :

« Seigneur, mais comment est-ce possible, des choses pareilles ? Toute nue, comme ça, dans la rue... »

La femme termina la soupe, posa la gamelle par terre... se leva... ouvrit son pardessus... Je n'arrivais pas à détacher les yeux de ses gestes étranges et calmes.

Maman apporta enfin le baluchon dans le couloir.

« Voilà. J'ai rassemblé quelques affaires... Habillez-vous, mettez ça... Nous avons une salle de bains... » proposa-t-elle.

Mais la femme déclina la proposition.

« Les enfants m'attendent... Si vous pouviez me donner un peu d'argent... »

Maman sortait déjà un billet de trente roubles plié en quatre.

« Merci, je n'oublierai jamais votre bonté ! » bredouilla la femme en remerciement, et maman ferma la porte derrière elle.

Ensuite, tout en ramassant les vêtements éparpillés par terre, elle me dit d'un air un peu perplexe :

« Elle aurait tout de même pu mettre une culotte, non ? »

Je n'ai pas répondu tout de suite, parce que j'avais besoin de réfléchir, de tirer quelque chose au clair.

« La culotte était froide, dis-je, comprenant enfin. Alors que le tapis, lui, il était chaud. »

Il y avait du soleil et de la neige ; par un temps pareil, on estimait qu'il fallait sortir les enfants.

« Si tu te promenais toute seule sous la fenêtre ? » proposa maman d'un ton d'excuse en jetant un coup d'œil à ses plaquettes.

J'acceptai généreusement. Maman me recouvrit d'un monceau de vêtements en laine, chandails, culottes longues, moufles et chaussettes. On me harnacha, on serra avec une ceinture la pelisse en peluche taillée par ma grand-mère dans un vieux couvre-lit, on me noua sous le menton un bonnet jaune taillé dans le même couvre-lit, on me donna une pelle, un seau bleu et on me sortit dans l'escalier... Là, juste devant la porte, il y avait le tas de vêtements de maman en vrac. Les pauvres caleçons délaissés étaient sur le dessus.

« Mais qu'est-ce que... bredouilla ma petite maman.

— Je te l'avais bien dit, les culottes étaient froides, alors que le tapis, lui, était bien chaud... dis-je, essayant toujours de lui expliquer les choses.

— Mais quel tapis ? dit maman en m'entendant enfin.

— Celui qui était sur la malle... Elle l'a enroulé autour d'elle », expliquai-je à ma bécasse de mère.

Maman leva soudain les bras au ciel et éclata de rire :

« Mon Dieu ! Qu'est-ce que j'ai fait ! Tsvetkova va me tuer ! »

Ma mère était biochimiste, et son amour pour cette fascinante science en flacons de verre provenait sans doute de la même racine féminine si charmante qui donne naissance à l'amour pour la cuisine. Comme j'aimais venir dans son laboratoire quand j'étais enfant, contempler sur les hautes tables les rangées d'éprouvettes remplies de décoctions de couleurs diverses, les élégantes burettes avec leurs becs d'oiseau, les grosses fioles sombres. Et avec quelle adresse maman maniait tout ce verre scintillant... Elle cuisinait également à merveille. Des sauces, des gâteaux, des crèmes... Ah, cette soupe d'orge perlé ! Elle n'en faisait pas si souvent que ça. Mais ce jour-là, justement, il y en avait...

Le cou emmitouflé d'une écharpe qui grattait, j'étais assise sur un petit banc, dans la cuisine, et je regardais maman se livrer à ses opérations chimiques. Deux voisines s'affairaient elles aussi devant leurs tables, dans un tintement de vaisselle et un cliquetis de couteaux.

C'est alors que Nadiejda Ivanovna est entrée dans la cuisine. C'était une vieille femme étrange, toute rapiécée de couleurs disparates. Avec, sur un œil, une taie blanche pareille, elle aussi, à un rapiéçage saugrenu. Sans rien dire, elle tira maman par la manche, et maman, abandonnant sa carotte et s'essuyant les mains tout en marchant, la suivit de son pas menu et demanda avec angoisse :

« Quoi ? Qu'y a-t-il ? C'est Nina ? »

Nina était la fille déjà adulte de Nadiejda Ivanovna, une cardiaque aux ongles bleus pareils à des coquillages et aux lèvres violettes mal fardées de rouge.

J'allais suivre maman, mais elle me repoussa presque brutalement :

« Reste ici ! »

Et je restai là, vexée, à tripoter les franges de mon écharpe. Les voisines, qui s'étaient arrachées un instant à leurs occupations, reprirent leurs tintements et leurs cliquetis. Puis l'une d'elles sortit avec une pile d'assiettes propres, et la seconde alla répondre au téléphone fixé au mur à l'autre bout du couloir.

Je restai ainsi assez longtemps, j'eus le temps de tresser toutes les franges en une natte embrouillée.

Ensuite, maman et Nadiejda Ivanovna sont revenues. Quelque chose avait changé. Elles marchaient lentement. Maman, la tenant par l'épaule, la fit asseoir sur un tabouret. Le visage de Nadiejda Ivanovna était immobile, tout blanc, on aurait dit qu'elle avait non une taie, mais deux. Elle tenait à la main l'étui en carton d'un thermomètre. Maman lui disait doucement :

« Je vais vous donner de la valériane... Nadiejda Ivanovna... Un peu de valériane, ça vous fera du bien...

— Mais si on appelle les urgences, ils vont l'emmener... » disait la voisine, le visage toujours aussi immobile.

Et elle ajouta, sans aucune logique :

« Et moi qui me disais : elle dort si paisiblement...

— On va téléphoner, Nadiejda Ivanovna... On va s'occuper de tout... » disait maman à toute allure en comptant dans un verre les gouttes qui tombaient avec un bruit mat.

L'autre voisine, dans le couloir, hurlait dans le téléphone :

« C'est pas les services de l'équipement, ici, Choura ! Il n'a qu'à faire la demande tout seul, ne comptez pas sur moi ! »

Nadiejda Ivanovna écarta la main de maman qui lui tendait le verre et lui dit, comme si elle se réveillait :

« Marina Borissovna, sers-moi donc une assiette de ta soupe... »

Maman s'activa, prit le banc sur lequel j'étais assise, car les belles assiettes se trouvaient sur l'étagère du haut et elle ne pouvait pas les atteindre. Elle remplit, de sa soupe d'orge argentée et chatoyante, une assiette en faïence blanche avec des carrés en relief sur les bords, et la posa sur la table de la cuisine. Elle essuya une cuillère en argent avec un torchon propre finement ourlé, et la donna à la voisine.

« Mange avec moi, Marina Borissovna ! » demanda Nadiejda Ivanovna.

Maman essuya une autre cuillère, puis, approchant un deuxième tabouret, s'assit à côté de la vieille femme borgne et plongea sa cuillère dans la même assiette.

J'avais très envie de dire à cette vieille femme que ma maman ne s'appelait pas du tout Marina, mais Myriam, mais je ne pouvais rien dire, parce qu'elles mangeaient dans la même assiette, et que le visage de Nadiejda Ivanovna ruisselait de larmes, elles ne coulaient pas seulement de son œil vivant, mais aussi de son œil blanc et mort, et le visage de maman aussi était couvert de larmes.

« Elle est bonne, ta soupe, Marina Borissovna, dit Nadiejda Ivanovna. Qu'est-ce que tu mets dedans ? »

Elle lécha une dernière fois sa cuillère et la posa à côté de l'assiette :

« Merci. Ma petite fille a fini de souffrir. »

... Cela fait bien longtemps que personne n'est plus de ce monde. Nina, Nadiejda Ivanovna. Maman est morte depuis vingt ans déjà. Et je ne fais jamais de soupe d'orge perlé.

DU MÊME AUTEUR

Aux Éditions Gallimard

LES PAUVRES PARENTS

SONIETCHKA. Prix Médicis Étranger 1996 (Folio, n° 3071).

MÉDÉE ET SES ENFANTS.

DE JOYEUSES FUNÉRAILLES (Folio, n° 3489).

UN SI BEL AMOUR et autres nouvelles (Folio n° 3921).

LE CAS DU DOCTEUR KOUKOTSKI

COLLECTION FOLIO

Dernières parutions

3582. François Gantheret — *Libido Omnibus.*
3583. Ernest Hemingway — *La vérité à la lumière de l'aube.*
3584. Régis Jauffret — *Fragments de la vie des gens.*
3585. Thierry Jonquet — *La vie de ma mère !*
3586. Molly Keane — *L'amour sans larmes.*
3587. Andreï Makine — *Requiem pour l'Est.*
3588. Richard Millet — *Lauve le pur.*
3589. Gina B. Nahai — *Roxane,* ou *Le saut de l'ange.*
3590. Pier Paolo Pasolini — *Les Anges distraits.*
3591. Pier Paolo Pasolini — *L'odeur de l'Inde.*
3592. Sempé — *Marcellin Caillou.*
3593. Bruno Tessarech — *Les grandes personnes.*
3594. Jacques Tournier — *Le dernier des Mozart.*
3595. Roger Wallet — *Portraits d'automne.*
3596. Collectif — *Le Nouveau Testament.*
3597. Raphaël Confiant — *L'archet du colonel.*
3598. Remo Forlani — *Émile à l'Hôtel.*
3599. Chris Offutt — *Le fleuve et l'enfant.*
3600. Marc Petit — *Le Troisième Faust.*
3601. Roland Topor — *Portrait en pied de Suzanne.*
3602. Roger Vailland — *La fête.*
3603. Roger Vailland — *La truite.*
3604. Julian Barnes — *England, England.*
3605. Rabah Belamri — *Regard blessé.*
3606. François Bizot — *Le portail.*
3607. Olivier Bleys — *Pastel.*
3608. Larry Brown — *Père et fils.*
3609. Albert Camus — *Réflexions sur la peine capitale.*
3610. Jean-Marie Colombani — *Les infortunes de la République.*
3611. Maurice G. Dantec — *Le théâtre des opérations.*
3612. Michael Frayn — *Tête baissée.*
3613. Adrian C. Louis — *Colères sioux.*
3614. Dominique Noguez — *Les Martagons.*
3615. Jérôme Tonnerre — *Le petit Voisin.*

3616. Victor Hugo	*L'Homme qui rit.*
3617. Frédéric Boyer	*Une fée.*
3618. Aragon	*Le collaborateur* et autres nouvelles.
3619. Tonino Benacquista	*La boîte noire* et autres nouvelles.
3620. Ruth Rendell	*L'Arbousier.*
3621. Truman Capote	*Cercueils sur mesure.*
3622. Francis Scott Fitzgerald	*La Sorcière rousse,* précédé de *La coupe de cristal taillé.*
3623. Jean Giono	*Arcadie...Arcadie...,* précédé de *La pierre.*
3624. Henry James	*Daisy Miller.*
3625. Franz Kafka	*Lettre au père.*
3626. Joseph Kessel	*Makhno et sa juive.*
3627. Lao She	*Histoire de ma vie.*
3628. Ian McEwan	*Psychopolis* et autres nouvelles.
3629. Yukio Mishima	*Dojoji* et autres nouvelles.
3630. Philip Roth	*L'habit ne fait pas le moine,* précédé de *Défenseur de la foi.*
3631. Leonardo Sciascia	*Mort de l'Inquisiteur.*
3632. Didier Daeninckx	*Leurre de vérité* et autres nouvelles.
3633. Muriel Barbery	*Une gourmandise.*
3634. Alessandro Baricco	*Novecento : pianiste.*
3635. Philippe Beaussant	*Le Roi-Soleil se lève aussi.*
3636. Bernard Comment	*Le colloque des bustes.*
3637. Régine Detambel	*Graveurs d'enfance.*
3638. Alain Finkielkraut	*Une voix vient de l'autre rive.*
3639. Patrice Lemire	*Pas de charentaises pour Eddy Cochran.*
3640. Harry Mulisch	*La découverte du ciel.*
3641. Boualem Sansal	*L'enfant fou de l'arbre creux.*
3642. J.B. Pontalis	*Fenêtres.*
3643. Abdourahman A. Waberi	*Balbala.*
3644. Alexandre Dumas	*Le Collier de la reine.*
3645. Victor Hugo	*Notre-Dame de Paris.*
3646. Hector Bianciotti	*Comme la trace de l'oiseau dans l'air.*
3647. Henri Bosco	*Un rameau de la nuit.*

3648. Tracy Chevalier	*La jeune fille à la perle.*
3649. Rich Cohen	*Yiddish Connection.*
3650. Yves Courrière	*Jacques Prévert.*
3651. Joël Egloff	*Les Ensoleillés.*
3652. René Frégni	*On ne s'endort jamais seul.*
3653. Jérôme Garcin	*Barbara, claire de nuit.*
3654. Jacques Lacarrière	*La légende d'Alexandre.*
3655. Susan Minot	*Crépuscule.*
3656. Erik Orsenna	*Portrait d'un homme heureux.*
3657. Manuel Rivas	*Le crayon du charpentier.*
3658. Diderot	*Les Deux Amis de Bourbonne.*
3659. Stendhal	*Lucien Leuwen.*
3660. Alessandro Baricco	*Constellations.*
3661. Pierre Charras	*Comédien.*
3662. François Nourissier	*Un petit bourgeois.*
3663. Gérard de Cortanze	*Hemingway à Cuba.*
3664. Gérard de Cortanze	*J. M. G. Le Clézio.*
3665. Laurence Cossé	*Le Mobilier national.*
3666. Olivier Frébourg	*Maupassant, le clandestin.*
3667. J.M.G. Le Clézio	*Cœur brûle* et autres romances.
3668. Jean Meckert	*Les coups.*
3669. Marie Nimier	*La Nouvelle Pornographie.*
3670. Isaac B. Singer	*Ombres sur l'Hudson.*
3671. Guy Goffette	*Elle, par bonheur, et toujours nue.*
3672. Victor Hugo	*Théâtre en liberté.*
3673. Pascale Lismonde	*Les arts à l'école. Le Plan de Jack Lang et Catherine Tasca.*
3674. Collectif	*«Il y aura une fois». Une anthologie du Surréalisme.*
3675. Antoine Audouard	*Adieu, mon unique.*
3676. Jeanne Benameur	*Les Demeurées.*
3677. Patrick Chamoiseau	*Écrire en pays dominé.*
3678. Erri De Luca	*Trois chevaux.*
3679. Timothy Findley	*Pilgrim.*
3680. Christian Garcin	*Le vol du pigeon voyageur.*
3681. William Golding	*Trilogie maritime, 1. Rites de passage.*
3682. William Golding	*Trilogie maritime, 2. Coup de semonce.*

3683. William Golding — *Trilogie maritime, 3. La cuirasse de feu.*
3684. Jean-Noël Pancrazi — *Renée Camps.*
3686. Jean-Jacques Schuhl — *Ingrid Caven.*
3687. *Positif,* revue de cinéma — *Alain Resnais.*
3688. Collectif — *L'amour du cinéma. 50 ans de la revue* Positif.
3689. Alexandre Dumas — *Pauline.*
3690. Le Tasse — *Jérusalem libérée.*
3691. Roberto Calasso — *la ruine de Kasch.*
3692. Karen Blixen — *L'éternelle histoire.*
3693. Julio Cortázar — *L'homme à l'affût.*
3694. Roald Dahl — *L'invité.*
3695. Jack Kerouac — *Le vagabond américain en voie de disparition.*
3696. Lao-tseu — *Tao-tö king.*
3697. Pierre Magnan — *L'arbre.*
3698. Marquis de Sade — *Ernestine. Nouvelle suédoise.*
3699. Michel Tournier — *Lieux dits.*
3700. Paul Verlaine — *Chansons pour elle* et autres poèmes érotiques.
3701. Collectif — *«Ma chère maman...»*
3702. Junichirô Tanizaki — *Journal d'un vieux fou.*
3703. Théophile Gautier — *Le capitaine Fracassse.*
3704. Alfred Jarry — *Ubu roi.*
3705. Guy de Maupassant — *Mont-Oriol.*
3706. Voltaire — *Micromégas. L'Ingénu.*
3707. Émile Zola — *Nana.*
3708. Émile Zola — *Le Ventre de Paris.*
3709. Pierre Assouline — *Double vie.*
3710. Alessandro Baricco — *Océan mer.*
3711. Jonathan Coe — *Les Nains de la Mort.*
3712. Annie Ernaux — *Se perdre.*
3713. Marie Ferranti — *La fuite aux Agriates.*
3714. Norman Mailer — *Le Combat du siècle.*
3715. Michel Mohrt — *Tombeau de La Rouërie.*
3716. Pierre Pelot — *Avant la fin du ciel.*
3718. Zoé Valdès — *Le pied de mon père.*
3719. Jules Verne — *Le beau Danube jaune.*
3720. Pierre Moinot — *Le matin vient et aussi la nuit.*
3721. Emmanuel Moses — *Valse noire.*

3722. Maupassant — *Les Sœurs Rondoli* et autres nouvelles.
3723. Martin Amis — *Money, money.*
3724. Gérard de Cortanze — *Une chambre à Turin.*
3725. Catherine Cusset — *La haine de la famille.*
3726. Pierre Drachline — *Une enfance à perpétuité.*
3727. Jean-Paul Kauffmann — *La Lutte avec l'Ange.*
3728. Ian McEwan — *Amsterdam.*
3729. Patrick Poivre d'Arvor — *L'Irrésolu.*
3730. Jorge Semprun — *Le mort qu'il faut.*
3731. Gilbert Sinoué — *Des jours et des nuits.*
3732. Olivier Todd — *André Malraux. Une vie.*
3733. Christophe de Ponfilly — *Massoud l'Afghan.*
3734. Thomas Gunzig — *Mort d'un parfait bilingue.*
3735. Émile Zola — *Paris.*
3736. Félicien Marceau — *Capri petite île.*
3737. Jérôme Garcin — *C'était tous les jours tempête.*
3738. Pascale Kramer — *Les Vivants.*
3739. Jacques Lacarrière — *Au cœur des mythologies.*
3740. Camille Laurens — *Dans ces bras-là.*
3741. Camille Laurens — *Index.*
3742. Hugo Marsan — *Place du Bonheur.*
3743. Joseph Conrad — *Jeunesse.*
3744. Nathalie Rheims — *Lettre d'une amoureuse morte.*
3745. Bernard Schlink — *Amours en fuite.*
3746. Lao She — *La cage entrebâillée.*
3747. Philippe Sollers — *La Divine Comédie.*
3748. François Nourissier — *Le musée de l'Homme.*
3749. Norman Spinrad — *Les miroirs de l'esprit.*
3750. Collodi — *Les Aventures de Pinocchio.*
3751. Joanne Harris — *Vin de bohème.*
3752. Kenzaburô Ôé — *Gibier d'élevage.*
3753. Rudyard Kipling — *La marque de la Bête.*
3754. Michel Déon — *Une affiche bleue et blanche.*
3755. Hervé Guibert — *La chair fraîche.*
3756. Philippe Sollers — *Liberté du XVIIIème.*
3757. Guillaume Apollinaire — *Les Exploits d'un jeune don Juan.*
3758. William Faulkner — *Une rose pour Emily* et autres nouvelles.
3759. Romain Gary — *Une page d'histoire.*

3760. Mario Vargas Llosa — *Les chiots.*
3761. Philippe Delerm — *Le Portique.*
3762. Anita Desai — *Le jeûne et le festin.*
3763. Gilles Leroy — *Soleil noir.*
3764. Antonia Logue — *Double cœur.*
3765. Yukio Mishima — *La musique.*
3766. Patrick Modiano — *La Petite Bijou.*
3767. Pascal Quignard — *La leçon de musique.*
3768. Jean-Marie Rouart — *Une jeunesse à l'ombre de la lumière.*
3769. Jean Rouaud — *La désincarnation.*
3770. Anne Wiazemsky — *Aux quatre coins du monde.*
3771. Lajos Zilahy — *Le siècle écarlate. Les Dukay.*
3772. Patrick McGrath — *Spider.*
3773. Henry James — *Le Banc de la désolation.*
3774. Katherine Mansfield — *La Garden-Party* et autres nouvelles.
3775. Denis Diderot — *Supplément au Voyage de Bougainville.*
3776. Pierre Hebey — *Les passions modérées.*
3777. Ian McEwan — *L'Innocent.*
3778. Thomas Sanchez — *Le Jour des Abeilles.*
3779. Federico Zeri — *J'avoue m'être trompé. Fragments d'une autobiographie.*
3780. François Nourissier — *Bratislava.*
3781. François Nourissier — *Roman volé.*
3782. Simone de Saint-Exupéry — *Cinq enfants dans un parc.*
3783. Richard Wright — *Une faim d'égalité.*
3784. Philippe Claudel — *J'abandonne.*
3785. Collectif — «*Leurs yeux se rencontrèrent...*». *Les plus belles premières rencontres de la littérature.*
3786. Serge Brussolo — «*Trajets et itinéraires de l'oubli*».
3787. James M. Cain — *Faux en écritures.*
3788. Albert Camus — *Jonas ou l'artiste au travail* suivi de *La pierre qui pousse.*
3789. Witold Gombrovicz — *Le festin chez la comtesse Fritouille* et autres nouvelles.
3790. Ernest Hemingway — *L'étrange contrée.*

3791. E. T. A Hoffmann — *Le Vase d'or.*
3792. J. M. G. Le Clezio — *Peuple du ciel* suivi de *Les Bergers.*
3793. Michel de Montaigne — *De la vanité.*
3794. Luigi Pirandello — *Première nuit et autres nouvelles.*
3795. Laure Adler — *À ce soir.*
3796. Martin Amis — *Réussir.*
3797. Martin Amis — *Poupées crevées.*
3798. Pierre Autin-Grenier — *Je ne suis pas un héros.*
3799. Marie Darrieussecq — *Bref séjour chez les vivants.*
3800. Benoît Duteurtre — *Tout doit disparaître.*
3801. Carl Friedman — *Mon père couleur de nuit.*
3802. Witold Gombrowicz — *Souvenirs de Pologne.*
3803. Michel Mohrt — *Les Nomades.*
3804. Louis Nucéra — *Les Contes du Lapin Agile.*
3805. Shan Sa — *La joueuse de go.*
3806. Philippe Sollers — *Éloge de l'infini.*
3807. Paule Constant — *Un monde à l'usage des Demoiselles.*
3808. Honoré de Balzac — *Un début dans la vie.*
3809. Christian Bobin — *Ressusciter.*
3810. Christian Bobin — *La lumière du monde.*
3811. Pierre Bordage — *L'Évangile du Serpent.*
3812. Raphaël Confiant — *Brin d'amour.*
3813. Guy Goffette — *Un été autour du cou.*
3814. Mary Gordon — *La petite mort.*
3815. Angela Huth — *Folle passion.*
3816. Régis Jauffret — *Promenade.*
3817. Jean d'Ormesson — *Voyez comme on danse.*
3818. Marina Picasso — *Grand-père.*
3819. Alix de Saint-André — *Papa est au Panthéon.*
3820. Urs Widmer — *L'homme que ma mère a aimé.*
3821. George Eliot — *Le Moulin sur la Floss.*
3822. Jérôme Garcin — *Perspectives cavalières.*
3823. Frédéric Beigbeder — *Dernier inventaire avant liquidation.*
3824. Hector Bianciotti — *Une passion en toutes Lettres.*
3825. Maxim Biller — *24 heures dans la vie de Mordechaï Wind.*
3826. Philippe Delerm — *La cinquième saison.*

3827.	Hervé Guibert	*Le mausolée des amants.*
3828.	Jhumpa Lahiri	*L'interprète des maladies.*
3829.	Albert Memmi	*Portrait d'un Juif.*
3830.	Arto Paasilinna	*La douce empoisonneuse.*
3831.	Pierre Pelot	*Ceux qui parlent au bord de la pierre (Sous le vent du monde, V).*
3832.	W.G Sebald	*Les émigrants.*
3833.	W.G Sebald	*Les Anneaux de Saturne.*
3834.	Junichirô Tanizaki	*La clef.*
3835.	Cardinal de Retz	*Mémoires.*
3836.	Driss Chraïbi	*Le Monde à côté.*
3837.	Maryse Condé	*La Belle Créole.*
3838.	Michel del Castillo	*Les étoiles froides.*
3839.	Aïssa Lached-Boukachache	*Plaidoyer pour les justes.*
3840.	Orhan Pamuk	*Mon nom est Rouge.*
3841.	Edwy Plenel	*Secrets de jeunesse.*
3842.	W. G. Sebald	*Vertiges.*
3843.	Lucienne Sinzelle	*Mon Malagar.*
3844.	Zadie Smith	*Sourires de loup.*
3845.	Philippe Sollers	*Mystérieux Mozart.*
3846.	Julie Wolkenstein	*Colloque sentimental.*
3847.	Anton Tchékhov	*La Steppe. Salle 6. L'Évêque.*
3848.	Alessandro Baricco	*Châteaux de la colère.*
3849.	Pietro Citati	*Portraits de femmes.*
3850.	Collectif	*Les Nouveaux Puritains.*
3851.	Maurice G. Dantec	*Laboratoire de catastrophe générale.*
3852.	Bo Fowler	*Scepticisme & Cie.*
3853.	Ernest Hemingway	*Le jardin d'Éden.*
3854.	Philippe Labro	*Je connais gens de toutes sortes.*
3855.	Jean-Marie Laclavetine	*Le pouvoir des fleurs.*
3856.	Adrian C. Louis	*Indiens de tout poil et autres créatures.*
3857.	Henri Pourrat	*Le Trésor des contes.*
3858.	Lao She	*L'enfant du Nouvel An.*
3859.	Montesquieu	*Lettres Persanes.*
3860.	André Beucler	*Gueule d'Amour.*
3861.	Pierre Bordage	*L'Évangile du Serpent.*

3862.	Edgar Allan Poe	*Aventure sans pareille d'un certain Hans Pfaal.*
3863.	Georges Simenon	*L'énigme de la* Marie-Galante.
3864.	Collectif	*Il pleut des étoiles...*
3865.	Martin Amis	*L'état de L'Angleterre.*
3866.	Larry Brown	*92 jours.*
3867.	Shûsaku Endô	*Le dernier souper.*
3868.	Cesare Pavese	*Terre d'exil.*
3869.	Bernhard Schlink	*La circoncision.*
3870.	Voltaire	*Traité sur la Tolérance.*
3871.	Isaac B. Singer	*La destruction de Kreshev.*
3872.	L'Arioste	*Roland furieux I.*
3873.	L'Arioste	*Roland furieux II.*
3874.	Tonino Benacquista	*Quelqu'un d'autre.*
3875.	Joseph Connolly	*Drôle de bazar.*
3876.	William Faulkner	*Le docteur Martino.*
3877.	Luc Lang	*Les Indiens.*
3878.	Ian McEwan	*Un bonheur de rencontre.*
3879.	Pier Paolo Pasolini	*Actes impurs.*
3880.	Patrice Robin	*Les muscles.*
3881.	José Miguel Roig	*Souviens-toi, Schopenhauer.*
3882.	José Sarney	*Saraminda.*
3883.	Gilbert Sinoué	*À mon fils à l'aube du troisième millénaire.*
3884.	Hitonari Tsuji	*La lumière du détroit.*
3885.	Maupassant	*Le Père Milon.*
3886.	Alexandre Jardin	*Mademoiselle Liberté.*
3887.	Daniel Prévost	*Coco belles-nattes.*
3888.	François Bott	*Radiguet. L'enfant avec une canne.*
3889.	Voltaire	*Candide ou l'Optimisme.*
3890.	Robert L. Stevenson	*L'Étrange Cas du docteur Jekyll et de M. Hyde.*
3891.	Daniel Boulanger	*Talbard.*
3892.	Carlos Fuentes	*Les années avec Laura Díaz.*
3894.	André Dhôtel	*Idylles.*
3895.	André Dhôtel	*L'azur.*
3896.	Ponfilly	*Scoops.*

Composé et achevé d'imprimer
par la Société Nouvelle Firmin-Didot
à Mesnil-sur-l'Estrée, le 7 octobre 2003.
Numéro d'imprimeur : 64658.
ISBN 2-07-030272-5/Imprimé en France.

124695